PLASSE 2018
ROYAL MILE
MARY KING'S CLOSE
BLACKWELL'S BOOKSHOP
SOUTH BRIDGE
ARTHUR'S SEAT
RK
Street
North Bridge
Market
Street
High
South
Bridge
market
Georges IV
Bridge
Nicolson
Street
Lothian Street
Forrest Road
Place
Teviot
Place

Victoria Schwab

CITY OF GHOSTS

Die Geister, die mich riefen

Victoria Schwab

CITY OF GHOSTS

Die Geister, die mich riefen

Aus dem Englischen
von Tanja Ohlsen

cbj

Dieses Buch ist auch als E-Book erhältlich.

MIX
Papier aus verantwortungsvollen Quellen
FSC® C014496

Verlagsgruppe Random House FSC® N001967

1. Auflage 2019

Die Originalausgabe erschien unter dem Titel
»City of Ghosts« bei Scholastic Press, an imprint of Scholastic Inc.
Published in agreement with the author, c/o BAROR INTERNATIONAL,
INC., Armonk, New York, U.S.A.

Aus dem Englischen von Tanja Ohlsen
Karte von Edinburgh: © 2018 Maxime Plasse
Umschlagillustration und -gestaltung: Melanie Korte
ml · Herstellung: SeS
Satz und Druck: GGP Media GmbH, Pößneck
ISBN 978-3-570-17653-5
Printed in Germany

www.cbj-verlag.de

Für die Stadt, in der meine Knochen liegen

»Sterben ist bestimmt ein tolles Abenteuer«
J.M. Barrie, *Peter Pan*

TEIL EINS

Inspecters

Kapitel 1

Die meisten Leute glauben, dass Geister nur nachts oder an Halloween erscheinen, wenn die Welt dunkel ist und die Mauern zwischen den Lebenden und Toten dünn sind. Aber im Grunde sind Geister einfach überall. In der Brotabteilung im Supermarkt, mitten im Garten eurer Großmutter, auf dem Nachbarsitz im Bus.

Nur weil ihr sie nicht sehen könnt, heißt das noch lange nicht, dass sie nicht da sind.

Ich sitze gerade in der Geschichtsstunde, als ich das *Tipp-tipp-tipp* auf meiner Schulter spüre, wie Regentropfen. Manche Leute nennen es Intuition, andere das zweite Gesicht. Es ist ein Kribbeln am Rande des Bewusstseins, das einem sagt, dass da noch etwas anderes ist.

Ich spüre das nicht zum ersten Mal – bei Weitem nicht. Nicht einmal hier in der Schule. Ich habe versucht, es zu ignorieren – das versuche ich immer –, aber es nützt nichts. Es raubt mir die Konzentration, und ich weiß, dass ich es nur zum Verstummen bringen kann, indem ich nachgebe und der Sache auf den Grund gehe.

Von der anderen Seite des Raums fängt Jacob meinen Blick auf und schüttelt den Kopf. Er kann das *Tipp-tipp-tipp* nicht spüren, doch er kennt mich gut genug, um zu wissen, wann ich es fühle.

Unruhig rutsche ich auf dem Stuhl herum und versuche, mich auf das Geschehen in der Klasse zu konzentrieren. Mr Meyer versucht heroisch, uns noch etwas beizubringen, obwohl es die letzte Woche vor den Sommerferien ist.

»... Gegen Ende des Vietnamkrieges im Jahr 1975 haben die US-Truppen ...«, erzählt er. Niemand kann still sitzen, geschweige denn zuhören. Derek und Will schlafen mit offenen Augen, Matt arbeitet an seinem neuen Papierfußball, und Alice und Melanie schreiben irgendeine Liste.

Alice und Melanie sind *beliebt*.

Das sieht man daran, dass sie wie Kopien voneinander aussehen: das gleiche glänzende Haar, die gleichen perfekten Zähne, die gleichen lackierten Fingernägel. Ich bestehe nur aus Ellbogen und Knien, habe runde Wangen und braune Locken. Nagellack besitze ich nicht einmal.

Ich weiß, man sollte eigentlich zu den beliebten Kids gehören wollen, aber eigentlich hatte ich nie

Lust dazu. Ich finde es viel zu anstrengend, mich an all die Regeln zu halten. Lächeln, aber nicht zu breit. Lachen, aber nicht zu laut. Die richtige Kleidung tragen, die richtigen Sportarten machen, Anteilnahme zeigen, aber nicht zu viel.

(Jacob und ich haben zwar auch Regeln, aber die sind anders.)

Wie aufs Stichwort steht Jacob auf und geht zu Melanies Tisch. Er könnte beliebt sein, mit seinem verwuschelten, blonden Haar, den strahlend blauen Augen und der immer guten Laune.

Er wirft mir einen teuflischen Blick zu und setzt sich auf den Rand ihres Tisches.

Er *könnte* beliebt sein, doch da gibt es ein kleines Problem.

Jacob ist tot.

»Was wir für die Filmnacht brauchen«, liest er laut von Melanies Blatt ab. Aber ich bin die Einzige, die ihn hören kann. Melanie faltet ein weiteres Blatt zusammen – die Großbuchstaben und die rosa Schrift sagen mir, dass es eine Einladung ist – und reicht sie an Jenna weiter, die vor ihr sitzt. Dabei geht ihre Hand glatt durch Jacobs Brust hindurch.

Er sieht pikiert nach unten, als wäre das extrem beleidigend. Dann springt er vom Tisch.

Tipp-tipp-tipp, macht es in meinem Kopf wie ein kaum hörbares Flüstern. Ungeduldig sehe ich zur Wanduhr und sehne das Klingeln herbei.

Jacob schlendert zu Alice' Tisch und betrachtet die vielen Buntstifte, die sie ordentlich aufgereiht hat. Er beugt sich herunter und streckt vorsichtig einen Finger danach aus. Hoch konzentriert stupst er den äußersten Stift an.

Doch der rührt sich nicht.

Im Film können Poltergeister Fernseher anheben und Betten durchs Zimmer schieben. Aber in Wirklichkeit braucht es schon eine *Menge* Willenskraft, damit ein Geist den Schleier – den Vorhang zwischen ihrer Welt und unserer – durchbrechen kann. Und die Geister, die diese Macht haben, sind normalerweise echt alt und nicht sehr nett. Die Lebenden beziehen ihre Kraft meistens aus Liebe und Hoffnung, aber die Toten nähren sich von anderen Dingen. Von Schmerz und Zorn und Reue.

Jacob runzelt die Brauen, während er vergeblich versucht, Matts Papierfußball wegzukicken.

Ich bin froh, dass er nicht so viel Kraft hat.

Ich weiß nicht, wie lange Jacob schon *tot* ist. (Ich denke das Wort leise, denn ich weiß, dass er es nicht mag.) Es kann noch nicht so lange sein, denn an ihm ist überhaupt nichts retro. Er trägt ein Superhelden-T-Shirt, dunkle Jeans und Chucks. Er spricht nicht darüber, was ihm passiert ist, und ich frage nicht nach. Man muss seinen Freunden ihre Privatsphäre lassen – auch wenn er meine Gedanken lesen kann. So etwas kann ich zwar nicht, aber ehrlich gesagt bin ich lieber lebendig und nicht übersinnlich begabt als übersinnlich begabt und ein Geist.

Beim Wort *Geist* sieht Jacob auf und räuspert sich. »Ich bevorzuge den Ausdruck ›körperlich eingeschränkt‹.«

Ich verdrehe die Augen. Er weiß, dass ich es nicht mag, wenn er ohne meine Erlaubnis meine Gedanken liest. Ja, das ist eine merkwürdige Nebenwirkung unserer Freundschaft, aber so ist es eben. Es gibt Grenzen!

»Ist doch nicht meine Schuld, wenn du so laut denkst«, entgegnet Jacob grinsend.

Ich schnaufe und ein paar Schüler sehen sich nach mir um. Ich rutsche auf meinem Stuhl tiefer nach unten, wobei meine Turnschuhe an meine Büchertasche stoßen. Die Einladung, die Melanie an Jenna gegeben hat, macht ihre Runde durch den Raum. Bei mir landet sie nicht. Ist mir egal.

Es ist fast Sommer, und das heißt: frische Luft und Sonne und Bücher, die man nur zum Spaß liest. Es bedeutet den jährlichen Familienausflug zum gemieteten Strandhaus auf Long Island, damit Mum und Dad an ihrem nächsten Buch arbeiten können.

Aber vor allem heißt es: keine Geister.

Ich weiß nicht, was es mit dem Strandhaus auf sich hat – vielleicht liegt es daran, dass es so neu ist oder an einem ruhigen Strandabschnitt liegt –, aber dort scheint es weit weniger Geister zu geben als hier nördlich von New York. Und das bedeutet: Wenn die Schule aus ist, liegen sechs Wochen mit Sonne, Sand und ruhigen Nächten vor mir.

Sechs Wochen ohne das *Tipp-tipp-tipp* unruhiger Geister.

Sechs Wochen, in denen ich mich *fast normal* fühle.

Ich kann es kaum erwarten.

Ich kann es kaum erwarten, und dennoch springe ich auf, sobald es läutet, werfe mir den Rucksack über die eine und den lila Kamerariemen über die andere Schulter und folge dem hartnäckigen *Tipp-tipp-tipp.*

»Ich habe eine verrückte Idee«, sagt Jacob, der neben mir herläuft. »Wir könnten doch einfach essen gehen.«

Es ist Hackbratendonnerstag, denke ich, bedacht darauf, nicht laut zu antworten. *Da sind mir sogar Geister noch lieber.*

»Na, na«, antwortet er. Aber wir wissen beide, dass Jacob kein normaler Geist ist, so wie ich kein normales Mädchen bin. Nicht mehr. Es gab einen Unfall. Ein Fahrrad. Ein zugefrorener Fluss. Die Kurzversion lautet: Er hat mir das Leben gerettet.

»Genau, ich bin quasi ein Superheld«, bestätigt Jacob, bevor ihm eine Schranktür ins Gesicht schwingt. Ich zucke zusammen, doch er geht einfach durch die Tür hindurch. Es ist nicht so, dass ich vergesse, was Jacob ist – es ist schwer zu vergessen, wenn dein bester Freund für alle anderen unsichtbar ist.

Aber es ist schon erstaunlich, an was man sich so alles gewöhnt.

Und die Tatsache, dass Jacob mich schon seit einem Jahr begleitet, ist nicht einmal das Merkwürdigste in meinem Leben.

Wir kommen an die Abzweigung im Gang. Links geht es zur Cafeteria, rechts zu den Treppen.

»Letzte Chance für Normalität«, warnt Jacob, doch er hat dieses schiefe Lächeln im Gesicht. Er weiß genauso gut wie ich, dass wir über *normal* schon seit einer ganzen Weile hinaus sind.

Wir gehen nach rechts.

Die Treppe hinunter und durch einen weiteren Gang, gegen den Strom zum Mittagessen. An jeder Abzweigung wird das *Tipp-tipp-tipp* stärker, wird zu einem Sog, wie ein Seil. Ich muss nicht darüber nachdenken, wohin ich gehe. Es ist sogar leichter, wenn ich gar nicht darüber nachdenke, sondern mich einfach ziehen lasse.

Es zieht mich zur Tür des Auditoriums. Jacob schiebt die Hände in die Hosentaschen und murmelt etwas von blöder Idee, woraufhin ich ihn daran erinnere, dass er ja nicht mitkommen muss, auch wenn ich froh bin, dass er da ist.

»Neunte Freundschaftsregel«, erklärt er: »Geisterbeobachtung ist eine Zwei-Personen-Aktivität.«

»Genau«, erwidere ich und nehme die Kappe von der Kameralinse. Die Kamera, die an dem lila Riemen an meiner Schulter hängt, ist ein klobiges altes Gerät, manuell, mit einem kaputten Sucher und Schwarz-Weiß-Film.

Wenn mich ein Lehrer im Auditorium erwischt, sage ich, ich mache Fotos für die Schulzeitung. Auch wenn die Wahlfächer für dieses Schuljahr alle schon vorbei sind.

Und ich nie für die Zeitung gearbeitet habe ...

Ich mache die Tür zum Auditorium auf und trete ein. Es ist ein großer Saal mit hoher Decke und schweren roten Vorhängen vor der Bühne.

Plötzlich ist mir klar, warum mich das *Tipp-tipp-tipp* hierher geführt hat. Jede Schule hat ihre Geschichten. Geschichten, die erklären, woher das Knarren im Waschraum der Jungen kommt, warum es im Englischzimmer hinten immer so kalt ist und wieso es im Auditorium nach Rauch riecht.

An meiner Schule ist es genauso. Der einzige Unterschied ist, dass ich herausfinden kann, ob diese Geistergeschichten wahr sind oder nicht. Meist sind sie es nicht.

Das Knarren kommt von einer Tür mit schiefen Angeln.

Die Kälte ist nur ein Luftzug.

Doch als ich dem *Tipp-tipp-tipp* durch den Saal bis zur Bühne folge, weiß ich, dass an dieser Geschichte etwas Wahres ist.

Es geht um einen Jungen, der bei einer Theateraufführung ums Leben gekommen ist.

Angeblich gab es bei der Vorstellung des *Mittsommernachtstraums* vor langer Zeit, als die Schule gerade eröffnet worden war, im zweiten Akt ein Feuer. Die Kulissen gingen in Flammen auf, doch alle konnten rechtzeitig ins Freie entkommen – glaubte man jedenfalls.

Bis man den Jungen unter der Falltür fand.

Jacob neben mir schaudert und ich verdrehe die Augen. Für einen Geist bekommt er echt viel zu leicht Angst.

»Hast du mal darüber nachgedacht, dass es vielleicht eher so ist, dass du nicht leicht *genug* Angst bekommst?«, meint er.

Aber ich fürchte mich genauso wie andere Leute. Glaubt es oder nicht, ich *will* meine Zeit nicht damit verbringen, Geister zu suchen. Sie sind nur einfach da und ich kann sie nicht ignorieren. Das ist so, wie wenn einem gesagt wird, dass da jemand hinter einem steht, aber man darf sich nicht umdrehen. Man spürt den Atem im Genick, und jede Sekunde, die man nicht hinsieht, macht es nur noch schlimmer. Denn letztendlich ist immer das, was man nicht sieht, furchterregender als das, was man sehen kann.

Ich klettere auf die Bühne, gefolgt von Jacob. Ich merke, dass er zögert, und sein Widerstreben zieht auch mich zurück. Aber ich hebe trotzdem eine Ecke des schweren roten Vorhangs an und schlüpfe hindurch, in den Bereich hinter der Bühne. Jacob folgt mir, wobei er direkt durch den dicken Vorhang läuft.

Hier ist es dunkel – so dunkel, dass ich einen Augenblick brauche, um mich daran zu gewöhnen und die verschiedenen Requisiten und Bänke auf der Bühne zu erkennen. Unter dem Vorhang fällt ein schmaler Streifen Licht herein. Es ist vollkommen ruhig, und doch habe ich das seltsame Gefühl, dass sich hier etwas bewegt. Das leise Seufzen der Sandsäcke an ihren Haken. Ein flüsternder Luftzug unter den Bühnenbrettern. Das Rascheln, das hoffentlich von Papier und nicht von Ratten stammt.

Ich weiß, dass einige der älteren Schüler es zu einer Mutprobe machen, hierherzukommen, das Ohr an den Boden zu legen und nach dem Jungen zu lauschen, der es nicht geschafft hat. Auf dem Flur habe ich einmal gehört, dass sie damit angaben, wie lange sie es ausgehalten haben. Eine Minute. Zwei. Fünf. Manche behaupteten, sie hätten die Stimme des Jungen gehört. Andere sagten, sie hätten Rauch gerochen und die Schritte flüchtender Kinder gehört. Aber es ist schwer zu sagen, wo die Gerüchte enden und die Wahrheit anfängt.

Mich hat noch nie jemand aufgefordert, hierherzukommen. Das mussten sie nicht. Wenn deine Eltern Bücher über paranormale Aktivität schreiben, gehen die Leute davon aus, dass du schräg genug drauf bist, um alleine zu gehen.

Sieht so aus, als hätten sie recht damit.

Auf halbem Weg über die dunkle Bühne stolpere ich über etwas und falle. Jacob streckt die Hand aus, um mich zu fangen, doch seine Finger gleiten durch meinen Arm, und ich knalle mit dem Knie auf den Holzboden. Meine Handflächen schlagen hart auf, und verwundert stelle ich fest, dass der Boden ein wenig nachgibt, bis ich realisiere, dass ich auf der Falltür knie.

Das *Tipp-tipp-tipp* wird unter meinen Händen noch hartnäckiger. An meinem äußeren Gesichtsfeld tanzt ein dünner grauer Schleier wie in einem konstanten Luftzug. Er ist anders als der schwere rote Vorhang. Diesen hier kann sonst niemand sehen.

Der Schleier.

Die Grenze zwischen dieser Welt und etwas anderem, zwischen den Lebenden und den Toten. Danach suche ich.

Jacob tritt von einem Fuß auf den anderen. »Bringen wir es hinter uns.«

Ich stehe auf.

»Geister-Five!«, sage ich, um uns Glück zu wünschen. Ein Geister-Five ist eine Art High Five für Freunde, die einander nicht berühren können. Dabei halte ich meine Hand hoch, und er tut so, als würde er einschlagen, während wir beide ein »Patsch«-Geräusch von uns geben.

»Autsch!«, beschwert sich Jacob und zieht die Hand weg. »Du schlägst so hart zu!«

Ich lache. Manchmal ist er echt albern. Aber das Lachen ist befreiend, es vertreibt Furcht und Nervosität, während ich nach dem Schleier greife.

Im Fernsehen habe ich gesehen, wie selbst ernannte »Geisterbeschwörer« davon reden, wie sie hinübergehen. Dass sie mit der anderen Seite in Verbindung treten, indem sie eine Art Schalter umlegen oder eine Tür öffnen. Aber bei mir ist es anders: Ich suche den Schleier, greife ihn und ziehe daran.

Manchmal, wenn es nichts zu finden gibt, ist der Schleier kaum vorhanden, mehr Rauch als Stoff und schwer zu fassen. Aber wenn ein Ort von Geistern heimgesucht wird – von richtigen Geistern –, dann schlingt sich der Stoff um mich und zieht mich praktisch hindurch.

Genau hier und jetzt tanzt er zwischen meinen Fingern und wartet nur darauf, gefangen zu werden.

Ich bekomme ihn zu fassen, hole tief Luft und ziehe.

Kapitel 2

Als ich noch klein war, hatte ich immer Angst vor Monstern im Schrank. Ich konnte nicht einschlafen, bevor nicht mein Dad kam, die Schranktür aufriss und mir zeigte, dass nichts dahinter war. Durch den Schleier zu gehen ist genauso, wie diese Schranktür aufzumachen.

Mit dem Unterschied, dass die Monster nicht real waren. Der Schrank war immer leer.

Die Welt hinter dem Schleier dagegen ist alles andere als leer.

Ein Schauer überläuft mich. Einen Moment lang bin ich nicht auf der Bühne, sondern unter Wasser. Der eisige Strom schließt sich über meinem Kopf, und das Licht verschwindet, während mich etwas Schweres immer tiefer und tiefer zieht …

»Cassidy.«

Jacobs Stimme lässt mich blinzeln und die Erinnerung an den Fluss verblasst. Ich bin wieder auf der

Bühne, und alles ist so wie zuvor, aber anders. Die Bühne ist blasser, wie auf einem alten Foto, doch es ist nicht so dunkel wie zuvor. Stattdessen wird sie von einigen Scheinwerfern erleuchtet und vor dem Vorhang erklingt das Murmeln des Publikums.

Jacob ist immer noch bei mir, aber er wirkt fester, realer. Ich sehe an mir selbst herunter. Wie immer sehe ich ganz normal aus, vielleicht ein wenig verwaschen, aber immer noch ich selbst, bis hin zur Kamera um meinen Hals. Der einzige Unterschied ist das Licht in meiner Brust. Es ist eine Spirale aus kühlem, bläulich weißem Licht, das durch meine Rippen scheint wie der Leuchtdraht in einer Glühbirne.

Wie Iron Man, witzelt Jacob manchmal. Ich halte mir die Kamera vor die Brust, um das Leuchten zu dämpfen.

»Auf die Plätze!«, erklingt die Stimme eines Erwachsenen aus den Kulissen und lässt mich zusammenzucken. Jacob greift nach meinem Ärmel, um mich zu halten, und dieses Mal gleitet seine Hand nicht durch mich hindurch. Er hat hier mehr oder ich weniger Substanz, so oder so bin ich dankbar für den Kontakt.

»Zweiter Akt!«, fügt die Stimme hinzu.

Jetzt weiß ich, was hier los ist.

Und *wann* es ist.

Die Nacht des Brandes.

Flatternd wie aufgescheuchte Fledermäuse laufen

Jungen und Mädchen mit Feenkronen und Glitzercapes über die Bühne. Mich und Jacob bemerken sie nicht. Der Vorhang geht auf und aus dem dunklen Theatersaal erklingt das Murmeln des Publikums. Instinktiv möchte ich mich ducken und in die Kulissen zurückziehen, doch ich erinnere mich daran, dass das Publikum nicht wirklich da ist. Dieser Ort, dieser Raum und diese Zeit – das alles gehört zu dem Geist und seinen Erinnerungen.

Der Rest sind nur Kulissen.

Ich hebe die Kamera, ohne durch den Sucher zu sehen (der hat einen Sprung). Schnell mache ich ein paar Fotos, obwohl ich weiß, dass ich auf dem Film höchstens einen Schatten dessen sehen werde, was hier ist. Etwas mehr als normal, etwas weniger als die Wahrheit.

»Kaum zu glauben«, flüstert Jacob wehmütig. »Wir könnten jetzt auch in der Cafeteria sitzen und mittagessen wie normale Menschen.«

»Du *kannst* nicht essen und ich sehe Geister. Nicht sehr normal, würde ich sagen«, flüstere ich zurück, während der zweite Akt beginnt. Im Kulissenwald versammeln sich die Feen um ihre Königin.

Ich sehe mir die Bühne genau an, die Laufstege darüber, die Requisiten, und suche nach der Ursache des Feuers. Vielleicht werde ich deshalb zu solchen Orten gerufen. Geister sind immer aus einem bestimmten Grund da. Wenn jemand die Wahrheit herausfindet, darüber, was mit ihnen geschehen ist – wenn *ich* sie herausfinde –, dann bringt ihnen das vielleicht Frieden. Und sie gehen weg.

»So funktioniert das nicht«, flüstert Jacob.

Ich fahre zu ihm herum. »Wie meinst du das?«

Er macht gerade den Mund auf, um zu antworten, als ein Junge auftaucht. Er ist klein, blass und hat wirre dunkle Locken. Das ist er – der Geist. Ich bin mir sicher, denn da ist dieses Gefühl: Es ist, als neige sich der Boden zu ihm hin.

Sein Umhang verfängt sich in einem Gerüst neben der Bühne. Er schafft es, sich zu befreien, und stolpert auf die Bühne vor uns, verliert dabei aber seine Krone und muss zurück. Einen Augenblick lang sehen wir uns in die Augen. Ich glaube, dass er mich sieht, und will etwas sagen, doch Jacob legt mir die Hand über den Mund und schüttelt den Kopf.

Die Musik beginnt und der Blick des Jungen verschleiert sich. Ich sehe ihm nach, während er seinen Platz einnimmt.

»Wir sollten gehen«, flüstert Jacob. Aber ich kann nicht. Noch nicht. Ich muss wissen, was passiert ist.

Wie aufs Stichwort höre ich das Zischen eines Seils und sehe, wie sich das Gerüst, an dem sich der Junge verfangen hat, löst und schräg neigt. Ein Sandsack darauf gerät ins Rutschen, fällt herunter, bleibt dabei an einem Stromkasten hängen und schlägt eine Sicherung heraus.

Ein Funke fliegt – nur ein kleiner Funke –, doch ich sehe, wie er auf das nächstbeste Objekt fällt, ein ungenutztes Stück Pappwald, das man in den Seitenflügel geschoben hat.

»Oh nein«, flüstere ich, während das Theaterstück weitergeht.

Es bricht kein Feuer aus, jedenfalls nicht gleich. Es beginnt mit Wärme und Rauch. Rauch, der im dunklen Theatersaal nicht auffällt. In einer dünnen Säule steigt er nach oben und sammelt sich unter der Decke wie eine tief hängende Wolke. Immer noch merkt keiner etwas.

Nicht, bis endlich das Feuer ausbricht.

Die Bühne ist voller Brennmaterial: ein Wald aus Holzbrettern und Spinnweben und Farbe. Das Feuer breitet sich rasend schnell aus und nun ist auch der Bann des Theaterstücks gebrochen. Die Feenschüler laufen davon und das Publikum gerät in Panik. Obwohl ich weiß, dass es nur eine Erinnerung ist, ein Echo von etwas, das längst vorbei ist, kann ich doch die Hitze des Feuers spüren.

Jacob greift meine Hand und zieht mich von den wütenden Flammen fort.

Trotz der Angst drehe ich am Objektiv der Kamera und schieße Fotos, um wenigstens irgendetwas einzufangen, während sich die Welt um mich herum in Rauch, Feuer und Panik auflöst.

Ich fühle mich benebelt, als hätte ich zu lange die

Luft angehalten. Ich war lange genug hier, es ist Zeit, zu gehen, doch meine Füße wollen mir nicht gehorchen.

Dann sehe ich den dunkelhaarigen Jungen, der versucht, nahe am Boden zu bleiben, so wie er es im Unterricht gelernt hat, doch das Feuer breitet sich zu schnell aus, verschluckt die Kulissen zu beiden Seiten und klettert am Vorhang hinauf. Es gibt keine Fluchtmöglichkeit, die ganze Bühne steht in Flammen, also lässt er sich fallen und krabbelt auf Händen und Knien weiter, bis er an die Falltür kommt.

»Nicht!«, rufe ich, aber das ist natürlich sinnlos. Er hört mich nicht, dreht sich nicht um. Er macht die Tür auf und klettert hinunter. Kurz darauf fällt ein brennendes Teil der Kulisse herunter und landet auf der Falltür.

»Cassidy«, mahnt Jacob, doch ich kann den Blick nicht vom Feuer abwenden, während sich meine Lungen mit Rauch füllen.

Jacob packt mich an den Schultern.

»Wir müssen gehen!«, befiehlt er, und da ich mich noch immer nicht vom Fleck rühre, gibt er mir einen Stoß, sodass ich stolpere und rücklings über eine Holzbank falle. Als ich auf dem Boden aufschlage, ist dieser kalt. Das Feuer ist ebenso verschwunden wie das Licht in meiner Brust. Jacob hockt wieder als Geist über mir und ich lasse mich atemlos zurücksinken.

Wisst ihr, manchmal bleibe ich hängen.

Es ist wie in Peter Pans Nimmerland – je länger die verlorenen Jungs dort blieben, desto mehr vergaßen sie. Und je länger ich auf der anderen Seite des Schleiers bleibe, desto schwerer ist es, zurückzukommen.

Jacob verschränkt die Arme vor der Brust. »Bist du jetzt zufrieden?«

Zufrieden trifft es nicht ganz. Das Tippen ist immer noch da – es geht nie ganz weg –, aber zumindest weiß ich jetzt, was auf der anderen Seite ist. Das macht es leichter, es zu ignorieren.

»Sorry«, sage ich, stehe auf und klopfe mir unsichtbare Asche von der Jeans. Ich kann den Rauch immer noch schmecken.

»Freundschaftsregel Nummer 21«, erklärt Jacob. »Lass deine Freundin nie hinter dem Schleier zurück.«

In diesem Moment ertönt die Schulglocke.

Die Mittagspause ist offiziell vorbei.

Kapitel 3

Bevor ich weitererzähle, muss ich erst ein wenig zurückspulen.

Denn ihr müsst drei Dinge wissen.

Das erste ist, dass ich, seit ich denken kann, fotografiere.

Dad sagt, dass sich die Welt und alles, was darin ist, permanent verändern, in jeder Sekunde eines jeden Tages. Das heißt, dass du in diesem Moment ein anderes Du bist als zu dem Zeitpunkt, als du angefangen hast, diesen Satz zu lesen. Verrückt, nicht wahr? Und auch unsere Erinnerung verändert sich. (Ich könnte zum Beispiel schwören, dass der Teddybär, den ich als kleines Kind hatte, grün gewesen ist, doch meinen Eltern nach war er orange.) Aber wenn man ein Foto macht, bleibt das. Dann bleiben die Dinge so, wie sie waren, wie sie sind und wie sie sein werden.

Deshalb liebe ich Fotos.

Nummer zwei ist: Mein Geburtstag ist Ende März,

genau zu der Zeit, wenn die Jahreszeiten wechseln. Die Sonne ist schon warm, aber der Wind ist kalt, an den Bäumen zeigen sich Knospen, aber der Boden ist noch halb gefroren. Mum sagt gerne, ich sei mit einem Fuß im Winter und dem anderen im Frühling geboren. Deshalb kann ich nicht still sitzen und gerate (ihrer Meinung nach) ständig in Schwierigkeiten – weil ich nicht nur zu einem Ort gehöre.

Drittens: wir leben in einem kleinen Vorort, umgeben von Feldern und Hügeln (und einer ganzen Menge Geister), von Bäumen, die ihre Farben wechseln, und Flüssen, die im Winter zufrieren, und jeder Menge malerischen Landschaften.

Diese drei Dinge scheinen nichts miteinander zu tun zu haben, die Fotos, die Zeit und der Ort, aber sie sind alle wichtig, das kann ich euch versichern. Sie sind alle Fäden im gleichen Gewebe.

An meinem elften Geburtstag schenkten meine Eltern mir meine Kamera, das alte Modell, das ich noch heute habe, mit einem lila Riemen, einem altmodischen Blitz und einer Blende, die man manuell verstellt. Alle Kinder in der Schule verwenden ihre Handys als Kamera – aber ich wollte etwas Solides, etwas Echtes. Es war Liebe auf den ersten Blick, und ich wusste sofort, wo ich hingehen und was ich als Erstes fotografieren wollte.

Ein paar Meilen von unserem Haus entfernt gibt es eine Stelle, eine Schlucht in den Bergen, wo die

Sonne, wenn sie untergeht, genau dort zwischen den beiden Abhängen liegt wie ein Ball, der mit beiden Händen gehalten wird. Ich bin Dutzende Male da gewesen und jedes Mal sieht es anders aus. Ich hatte die Idee, ein Jahr lang jeden Tag dort hinzugehen und jeden einzelnen Sonnenuntergang zu fotografieren.

Und damit wollte ich sofort anfangen.

Wisst ihr noch, was ich über meinen Geburtstag im März gesagt habe? Nun, an diesem Tag in diesem Jahr war es zum ersten Mal so warm, dass ich das Fahrrad nehmen konnte, auch wenn die Luft, wie meine Mutter so schön sagte, immer noch Biss hatte. Also hängte ich mir den lila Riemen der Kamera um den Hals und fuhr mit dem Fahrrad in die Berge, der untergehenden Sonne nach. Die Reifen zischten über den halb gefrorenen Boden, die Straße am Fußballfeld entlang und zur Brücke.

Die Brücke. Es ist nur ein schmaler Steg aus Metall und Holz, der sich über das Wasser spannt, eine Brücke, die immer nur ein Auto auf einmal überqueren kann, weil sie für zwei Autos nicht breit genug ist. Ich war halb darüber hinweg, als ein Lkw um die Ecke rauschte und auf mich zuschoss.

Ich versuchte auszuweichen. Er ebenfalls. Die Reifen quietschten, während mein Fahrrad so heftig gegen das Geländer knallte, dass Funken flogen. So heftig, dass ich über den Lenker flog.

Und über das Geländer.

Ich fiel. Das klingt ganz einfach, nicht wahr? Als ob man stolpert, hinfällt und sich das Knie aufschlägt. Aber bis zum Wasser, das noch vor ein paar Tagen fest zugefroren war, waren es sieben Meter. Und als ich durch das Eis brach, verschlugen mir der Aufprall und die Kälte den Atem.

Vor meinen Augen wurde es erst weiß, dann schwarz, und als ich wieder sehen konnte, sank ich immer noch, wobei die Kamera um meinen Hals mich wie ein Bleigewicht immer tiefer und tiefer zog. Der Fluss wurde dunkler, die Oberfläche zu einer gerippten weißen Fläche. Irgendwo über dem Wasser glaubte ich jemanden sehen zu können, eine verschwommene Person, nur ein Schatten. Aber dann war sie fort und ich sank immer noch.

Ich dachte nicht ans Sterben.

Ich dachte nur an das eisige Wasser in meinen Lungen, an das drückende Gefühl des Flusses, und selbst diese Dinge begannen zu verblassen, bis ich nur noch dachte: *Ich falle vom Licht weg*. Es heißt doch immer, man solle darauf zugehen. Ich versuchte es, konnte aber nicht. Meine Glieder waren zu schwer. Und ich hatte keine Luft mehr.

Ich weiß nicht, was dann geschehen ist. Nicht genau, jedenfalls.

Die Welt flackerte irgendwie, wie wenn ein Film plötzlich anhält, hakt und vorspult. Dann saß ich plötzlich am Ufer und rang keuchend nach Atem, während ein Junge in Jeans und einem Superhelden-T-Shirt neben mir saß. Sein blondes Haar stand ab, als wäre er sich gerade mit den Fingern hindurchgefahren.

»Das war knapp«, meinte er.

Ich hatte ja noch keine Ahnung, wie knapp.

»Was ist denn gerade passiert?«, fragte ich zähneklappernd.

»Du bist ins Wasser gefallen«, erklärte er. »Ich hab dich rausgeholt.«

Das war völlig unsinnig, weil ich klatschnass war, er aber nicht mal feucht. Wenn ich nicht so gezittert hätte, meine Augen nicht vom Flusswasser getränt hätten und mein Kopf nicht voller Eis gewesen wäre, wäre mir vielleicht seine merkwürdig graue Hautfarbe aufgefallen, und dass ich beinahe durch ihn hindurch sehen konnte. Aber ich war zu erschöpft und mir war viel zu kalt.

»Ich bin Jacob«, sagte er.

»Cassidy«, antwortete ich und ließ mich zurückfallen.

»He!«, verlangte er und beugte sich über mich. »… bleib wach …«

Dann hörte ich andere Stimmen, das Schlagen einer Autotür, das Rutschen von Stiefeln auf der eisglatten Böschung und spürte schwach die Wärme eines Mantels. Doch ich konnte die Augen nicht offen halten. Als ich wieder aufwachte, lag ich in einem

Krankenhausbett und Mum und Dad waren da. Warm spürte ich ihre Hände auf meinen.

Jacob war auch da. Im Schneidersitz saß er auf einem leeren Krankenhausstuhl. Ich brauchte nicht lange, um zu erkennen, dass ihn niemand außer mir sehen konnte. Auf dem Nachttisch lag meine Kamera. Der Riemen war ausgefranst und der Sucher gesprungen. Sie war beschädigt, aber nicht unbrauchbar. Verändert, aber nicht zerstört. Ein bisschen so wie ich.

Ein bisschen besonders.

Ein bisschen merkwürdig.

Nicht ganz lebendig, aber definitiv nicht …

Ich meine, kann man wirklich sterben, wenn man danach nicht tot ist? Und ist man wirklich lebendig, wenn man zurückkommt?

Das Wort, das mir damals dafür einfiel, war *untot*, aber ich bin ja kein Zombie. Mein Herz macht gleichmäßig *bumm-bumm*, und ich esse und schlafe und tue alles, was man eben so macht, wenn man lebt.

Nahtoderlebnis. So nennen sie das. Aber ich weiß, dass ich nicht nur nah daran war.

Ich war direkt darauf. Darunter. Lange genug, dass sich meine Augen daran gewöhnen konnten, wie an ein dunkles Zimmer. Lange genug, dass ich die Grenzen des Raumes erkennen konnte, bevor ich wieder ins helle, kalte Licht zurückgezerrt wurde.

Letztendlich hat meine Mutter wohl tatsächlich recht.

Ich habe einen Fuß im Winter und einen im Frühling.

Einen Fuß in der Welt der Lebenden und einen in der der Toten.

Eine Woche später sah ich zum ersten Mal den Schleier.

Jacob und ich gingen gerade spazieren und versuchten, unsere merkwürdige Verbindung zueinander zu verstehen – ich meine, ich war schließlich noch nie zuvor von einem Geist heimgesucht worden und er hatte noch nie jemanden heimgesucht – da geschah es plötzlich.

Wir liefen gerade über ein leeres Grundstück, als ich es auf einmal spürte, dieses *Tipp-tipp-tipp,* das Gefühl, angestarrt zu werden, und das schaudernde Gefühl von Spinnweben auf nackter Haut. Aus dem Augenwinkel sah ich den grauen Stoff. Ich hätte wegsehen sollen, doch das tat ich nicht. Ich konnte es nicht. Stattdessen wandte ich mich ihm zu. Ich fasste den Vorhang mit der Hand, und einen Moment lang hatte ich wieder das Gefühl, zu fallen und durch das Eis auf dem Fluss zu krachen. Aber ich ließ nicht los.

Als ich die Augen wieder aufmachte, war Jacob immer noch neben mir, nur dass er jetzt fest aussah, *real*, und genauso verwirrt wie ich. Wir standen in einem Kaufhaus. Von irgendwoher hallte das Klirren und Klingen von Metall zu uns herüber und jemand weinte. Der Schleier selbst machte mir keine Angst, aber diese Geräusche, das Gefühl, in das Leben – oder den Tod – eines anderen einzudringen, entsetzte mich. So schnell wie möglich zog ich mich daraus zurück, indem ich den Schleier fortfegte, als sei er wirklich nur Spinnweben auf meiner Kleidung.

Ich schwor, nie wieder dorthin zurückzugehen.

Damals war ich mir absolut sicher, dass ich das ernst meinte.

Doch ein paar Wochen später spürte ich das *Tipp-tipp-tipp* wieder, hörte das Rascheln des grauen Stoffes, und bevor ich es richtig wusste, streckte ich die Hand danach aus und zog den Schleier beiseite, während Jacob mir ächzend und schmollend widerwillig folgte.

Und so ist es noch, ein Jahr später.

Für die meisten Menschen sind Leben und Tod ziemlich schwarz-weiß. Aber an dem Tag, an dem Jacob mich aus dem Wasser gezogen hat, ist etwas passiert. Ich denke, ich habe auch ihn irgendwo herausgezogen und wir haben uns irgendwie verheddert, sodass ich jetzt nicht ganz lebendig und er nicht ganz tot ist.

In einem Comic wäre das unsere Entstehungsgeschichte.

Man wird von einer Spinne gebissen oder fällt in ein Säurefass.

Wir hatten eben einen Fluss.

Kapitel 4

Batgirl natürlich«, sagt Jacob. »Die Neuauflage, nicht das Original.«

»Na klar.« Ich schlurfe auf dem Nachhauseweg die Straße entlang. Wir sind zu zweit, aber auf dem Bürgersteig vor uns ist nur ein Schatten zu sehen. Wir besprechen, welche Comics ich Jacob für den Strandurlaub einpacken soll.

»Und das neue *Skull and Bone*-Heft …«, fügt Jacob hinzu.

Skull and Bone ist Jacobs Lieblingscomic. Darin geht es um einen toten Cowboy namens Skull Shooter, der wiederauferstanden ist, damit er zusammen mit seinem Wolfshund Bone böse Geister jagen kann. Jacob zählt weitere Comics auf und versucht, sich zwischen *Thor #31* und *Skull #5* zu entscheiden, aber ich höre nur halb zu. Irgendetwas lässt mir keine Ruhe.

Im Auditorium, als ich glaubte, ich könnte dem Geisterjungen helfen, indem ich herausfinde, was ihm passiert ist, hat Jacob gesagt: *So funktioniert das nicht*. So redet Jacob normalerweise nicht und vor allem spricht er nie über den Schleier. Ich bin immer davon ausgegangen, dass er gar nicht weiß, warum der Schleier mich so anzieht oder wie ich über die Grenze gelange. Oder was ich da soll. Aber was ist, wenn er es doch weiß und es mir nur nicht sagen will?

Er kann hören, wie ich zweifle und überlege.

»Regel Nummer sieben«, sagt er. »Nicht neugierig sein.«

Schon klar, denke ich. Aber die allererste Freundschaftsregel lautet: *Keine Geheimnisse*.

Jacob seufzt. »Ich kann dir nicht alles sagen, Cass. Es gibt Regeln, wenn man ein …« Er deutet an sich herunter. »… Du-weißt-schon ist«

»Was für Regeln?«, frage ich.

»Na, Regeln eben«, fährt er auf und wird rot. Ich hasse es, wenn Jacob sich aufregt, daher lasse ich das Thema fallen. Was bedeutet, dass ich ganz und gar nicht aufhöre, sehr laut darüber nachzudenken – in seine Richtung. Aber Jacob tut so, als könne er mich nicht hören, und ich frage nicht noch mal laut nach.

»Du kannst dir sechs Comics aussuchen«, sage ich stattdessen.

Er zieht einen Schmollmund, allerdings so übertrieben, dass ich weiß, dass er nur Spaß macht. Das liebe ich so an Jacob. Er ist überhaupt nicht nachtragend.

»Na gut«, lenke ich ein, als wir in meine Straße einbiegen. »Sieben. Aber ich habe das letzte Wort. Und kein *Batman*!«

Entsetzt sieht er mich an: »Du Barbarin!«

Ich trommle mit den Fingern auf meine Kamera und frage mich, ob auf einem der Fotos, die ich heute hinter dem Schleier gemacht habe, etwas zu erkennen sein wird. Auf dem Film ist nur noch ein einziges Bild frei.

»Lächeln!«, fordere ich Jacob auf. Er zeigt mir das Peace-Zeichen. Doch er sieht nicht in die Kamera, als ich auf den Auslöser drücke. Das tut er nie.

»Hast du noch nicht gehört, dass einem Fotos die Seele stehlen?«, neckt er mich immer. »Außerdem sieht man mich doch sowieso nicht.«

Klick.

Wir gehen weiter, bis ein paar Minuten später unser Haus in Sicht kommt, eine dieser alten viktorianischen Villen, die aussehen, als müsste es darin einfach spuken.

Aber hier gibt es keine Geister.

Außer Jacob.

Und der zählt nicht.

»Wie unhöflich«, murrt er und folgt mir nach drinnen.

Hinter der Haustür trete ich neben einem Turm von Büchern meine Schuhe von mir. Vor dem Arbeitszimmer und im Gang liegen weitere Bücher. Manche sind

Fachbücher über Geschichte, Religion, Mythologie und Volksmärchen und manche Romane. Auf einigen Büchern prangen die Namen meiner Eltern und die Titel sind in Silber oder Gold aufgeprägt:

»Inspecters«

Das ist ein Wortspiel, denn ein »Inspektor« ist jemand, der Nachforschungen anstellt. »Specter« ist ein anderer Ausdruck für »Geist«. Also ist ein »Inspecter« jemand, der nach Geistern sucht und darüber forscht.

Meine Eltern haben eine ganze Buchreihe geschrieben – im Moment arbeiten sie an Band sechs. Die Bücher sind wie Geschichtsbücher, enthalten aber auch Geistergeschichten, in denen Wahrheit und Mythologie ineinandergreifen. Sie sind sehr beliebt. Ich bleibe stehen und hebe ein Exemplar der letzten Ausgabe auf, um mir das Foto auf der Rückseite anzusehen. Es zeigt einen schlanken Mann im Tweedmantel, dessen dunkles Haar an den Schläfen angegraut ist (das ist Dad). Unter einem Arm hat er ein Notizbuch und er trägt eine Brille auf der Nasenspitze. Neben ihm steht eine Frau in hellen Hosen und einer bunten Bluse, die das Haar mit Bleistiften zu einem wirren Knoten zusammengesteckt hat und ein offenes Buch in der Hand hält, dessen Seiten wie von einem Windstoß aufgeblättert werden. Das wäre dann Mum.

Zu ihren Füßen liegt ein schwarzes Pelzknäuel mit grünen Augen. Das ist unser Kater Grim.

Das Ganze sieht nach einer Mischung aus Geschichte und Magie aus, mit einem Schuss gutem altem Aberglauben.

Das Lustige ist, dass Dad nicht einmal an Geister glaubt. (Der Verleger findet es ganz gut, dass Dad Skeptiker ist, weil die Geschichten dadurch »bodenständiger« und für den Leser »besser nachvollziehbar« sind.) Meine Eltern sind ein gutes Team. Dad ist der Gelehrte und Mum die Träumerin. Er konzentriert sich darauf, die Vergangenheit zu erklären, während sie aus den *Vielleichts* und *Was-wenns* Geistergeschichten spinnt.

Und ich? Ich halte mich da raus.

Denn meine Eltern kennen die Wahrheit über mich nicht. Ich habe ihnen nie gesagt, was im Fluss tatsächlich passiert ist, habe ihnen nie vom Schleier und den Dingen, die ich auf der anderen Seite sehe, erzählt. Ich habe das Gefühl, dass ich dieses Geheimnis bewahren sollte.

Meine Eltern reden und schreiben also über Geister, können sie aber nicht sehen.

Wohingegen ich die Geister sehen kann, aber nicht darüber sprechen oder gar schreiben möchte.

Das nennt man wohl *Ironie des Schicksals.*

»Hallo?«, rufe ich. »Jemand zu Hause?«

Aus dem Arbeitszimmer erklingt Mums Stimme. Sie telefoniert. Offensichtlich ist es ein Interview, das erkenne ich an ihrer Ausdrucksweise.

»Ob ich glaube, dass es in der Welt vieles gibt, was wir nicht verstehen?«, fragt sie. »Natürlich. Es wäre doch sehr arrogant, etwas anderes zu behaupten …«

Sie steckt den Kopf durch die Tür (ihr Bleistift-Knoten sieht wie üblich aus wie ein Stachelschwein) und lächelt mich an, während sie weiterredet. »Geister, Nachhall, Gespenster, Erscheinungen – man kann es nennen, wie man will …« Ohne ihr Gespräch zu unterbrechen, umarmt sie mich. »Natürlich kann man einige Dinge wissenschaftlich erklären, aber wenn verschiedene Leute dasselbe übernatürliche Phänomen wahrnehmen, denselben Geist sehen, dieselbe Geschichte erzählen, dann sollten wir uns fragen, warum.«

Sie wendet ihr Gesicht kurz vom Telefon ab und flüstert mir ins Haar: »Dad ist auf dem Weg nach Hause. Bleib in der Nähe. Wir müssen uns unterhalten.«

Wir müssen uns unterhalten.

Vier Worte, die man eigentlich nie hören will. Ich hätte gerne einen Hinweis, worum es geht, aber Mum wendet sich schon wieder ab.

»Oh ja«, sagt sie zu ihrem Interviewpartner. »Ich habe die Gegenwart von Geistern tatsächlich schon gespürt.«

Das stimmt wahrscheinlich.

»Ich habe sie *gesehen*.«

Jacob wedelt mit der Hand vor ihrem Gesicht.

Das stimmt wohl eher nicht.

Komischerweise weiß Mum irgendwie von Jacob. Man kann sich mit seinem unsichtbaren Freund eben nur begrenzt oft unterhalten, bevor man seinen Eltern erklären muss, mit wem man denn da spricht.

Dabei weiß ich nicht mal, ob Mum wirklich an Geister glaubt oder ob sie nur daran glauben will, weil es die Welt interessanter macht. Sie behauptet, sie hätte eine ganze Menge paranormale Erfahrungen gemacht und dass die »Sensibilität« für das Übersinnliche in unserer Familie erblich sei. Sie sagt immer, man müsse aufgeschlossen sein, was seltsame und unerklärliche Dinge angeht.

Was ich hingegen sicher weiß, ist, dass sie mich wegen Jacob nicht so herablassend behandelt wie Dad. Sie bezeichnet ihn nicht als meinen imaginären Freund und stellt mir auch keine ironischen Fragen, wie es *ihm* denn heute geht oder was *er* gerne zum Abendessen hätte.

Und wenn Jacob ihr durch mich etwas sagen will, hört sie zu.

Mir knurrt der Magen, weil ich das Mittagessen ausgelassen habe, daher gehe ich an Mums Arbeitszimmer vorbei in die Küche, um mir ein Sandwich mit Erdnussbutter, Banane und Schokostreuseln zu machen – also das beste Sandwich der Welt, egal was Jacob sagt. (Er ist wahrscheinlich sowieso nur neidisch, weil er es nicht essen kann.) Die Hälfte davon verschlinge ich gleich, lege den Rest für später in den Kühlschrank und gehe nach oben.

Auf meinem Bett schläft unser Kater Grim.

Anders als auf den Buchcovern meiner Eltern fehlt Grim im echten Leben das, was meine Mutter als *natürliche katzenhafte Anmut* bezeichnet. Im Moment liegt er zum Beispiel auf dem Rücken und streckt die Pfoten in die Luft wie ein Hund, der tot spielt. Er zuckt nicht mal, als ich meine Tasche auf den Boden werfe. Ich kraule ihn hinter den Ohren, nur um zu sehen, ob er überhaupt noch lebt, und gehe dann ohne Umwege in den Raum, der früher mein Kleiderschrank war.

Dad hat mir geholfen, ihn umzubauen. Ein Wochenende lang haben wir die Regale herausgenommen und ihn zu einer perfekten kleinen Dunkelkammer gemacht. Es gibt einen Tisch mit Spulen, einen Kanister mit Entwicklerlösung, einen Vergrößerer, Fotopapier und Behälter für die Chemikalien. Es gibt sogar ein Stahlkabel mit Klammern, an dem man Fotos zum Trocknen aufhängen kann. Also alles, was ein Fotograf braucht.

Jacob ist schon da, weil er keinen Respekt vor Türen und Treppen hat.

Achselzuckend lehnt er an der Wand. »Geistertrick: Abkürzungen.«

Ich nehme die Kamera und spule den Film zurück,

öffne mit dem Daumen den Riegel an der Rückseite und nehme die Filmrolle heraus.

Dann schließe ich die Tür. Und der Schrank – und wir – versinken in vollkommener Dunkelheit.

Na ja, sie wäre vollkommen, wenn Jacob nicht so … leuchten würde. Es ist nicht wirklich hell, eher so wie Mondschein. Es schadet dem Film nicht, hilft mir aber auch nicht, etwas zu sehen. Also muss ich mich bei der Arbeit immer noch auf meine Hände verlassen.

Ich öffne die Filmdose und lasse den Film in meine Handfläche gleiten, wickle ihn auf die kleine Metallspule und stecke sie in einen Behälter mit Entwicklerlösung, der aussieht wie eine kleine Thermoskanne.

Dann betätige ich einen Schalter, und mein Kämmerchen wird von einem schwachen roten Licht erhellt, in dem wir beide gespenstisch glühen wie in einem Horrorfilm. (Jacob wackelt mit den Fingern und macht Gespenstergeräusche.)

Ich schütte Wasser in die Thermoskanne, um den Film zu spülen, und dann Fixierung, die ich darin herumschwenke. Währenddessen überlegt Jacob laut weiter, ob er lieber *Thor #57* oder #62 mitnehmen soll. Als die Negative so weit sind, hänge ich sie zum Trocknen auf. Wirklich fertig sind sie erst in ein paar Tagen.

Ein anderer Negativstreifen ist jedoch bereits fertig – er stammt von vor ein paar Tagen, als ich mir mit Jacob zusammen ein paar Straßen weiter ein verlassenes Haus angesehen habe. Es ist seit Jahren unbewohnt, aber wie Jacob und ich festgestellt haben, ist es nicht ganz leer. Ich führe den Bildstreifen in den Vergrößerer ein (das ist eine Art Projektor, mit dem man die Bilder auf das Fotopapier überträgt). Danach wird es gedruckt.

Die Entwicklung eines Filmes hat etwas Magisches. Es liegt schon an diesem Ausdruck: Entwickeln. Ich komme mir vor wie ein irrer Wissenschaftler, als ich das Fotopapier durch die Schalen mit Entwicklerlösung, Fixierung und Spülung gleiten lasse. Und während ich das Papier mit der Zange darin herummanövriere, beginnt sich endlich das erste Bild vor meinen Augen zu entfalten.

Meine Kamera ist vielleicht speziell, aber nicht ganz so merkwürdig wie ich. Ich kann sie mit hinter den Schleier nehmen, aber sie sieht dort nicht so gut wie ich. Meistens sind die Fotos, die ich dort aufnehme, ganz normal: eine schwarz-weiße Variante meiner bunten Welt.

Aber ab und zu habe ich Glück.

Ab und zu fängt die Kamera einen Schatten vor einer Wand ein, Linien wie Rauch, die einen Körper umgeben, eine Tür zu einem Ort, den es nicht mehr gibt.

Jacob sieht mir über die Schulter.

»Du atmest mir in den Nacken«, flüstere ich.

»Tu ich gar nicht.«

»Tust du wohl!«

Sein Atem ist kalt und lässt mich in dem stickigen Raum frösteln, doch ich konzentriere mich wieder auf die Schalen.

Ein Foto nach dem anderen wird schärfer.

Es gibt eine Aufnahme des verlassenen Hauses von außen, auf der die Sonne durch das verzogene Holz fällt.

Und eine von innen, einen dunklen Gang entlang.

Und dann …

Ein Volltreffer.

Es ist ein Foto, das auf der anderen Seite des Schleiers aufgenommen wurde – das erkenne ich an der schwachen Graufärbung. Dort am oberen Ende der Treppe sieht man verschwommen die geisterhafte Erscheinung eines Mädchens in einem Nachtgewand.

Jacob pfeift leise.

Wenn ich dieses Bild jemandem zeige, würde der bestimmt behaupten, es sei mit Photoshop bearbeitet. Und selbst wenn man mir glauben würde, würde ich das ehrlich gesagt nicht an die große Glocke hängen wollen. Ich will nicht so sein wie diese Fernsehmedien, die auf der Bühne stehen und behaupten, mit den Toten kommunizieren zu können. Außerdem ist es ja nicht so, dass die Toten wirklich mit mir sprechen würden (von Jacob mal abgesehen).

»Ich könnte dein Dolmetscher sein«, bietet er mir an.

»Nein danke«, lehne ich ab.

Ich werfe einen Blick zu den frischen Negativen von heute und frage mich, ob ich hinter dem Schleier auch etwas von dem Geist des Jungen mit seinem Cape und seiner Krone einfangen konnte.

Ich bin inzwischen ganz steif vom langen Brüten über den Utensilien, daher mache ich das rote Licht aus und gehe in mein Zimmer zurück, dessen plötzliche Helligkeit mich blendet.

Jacob wirft sich neben Grim aufs Bett. Es wackelt nicht, es gibt keine Delle im Überwurf, aber Grim zuckt mit den Ohren und schlägt ein paar Sekunden später mit der Pfote in die Luft um Jacob herum. Wir wissen nicht, ob er ihn tatsächlich sieht oder einfach nur irgendwie eine Störung im Umfeld wahrnimmt.

Katzen sind einfach so.

Ich beschließe, schon mal für den Strandurlaub zu packen, und zerre meinen Koffer unter dem Bett hervor. Während Jacob so tut, als würde er einen Dreckfleck von seinem T-Shirt-Saum reiben, gehe ich meine Sommerkleider durch. Ich kann mir nicht vorstellen, wie es wäre, für den Rest meines Leb… äh, meiner Existenz, dieselben Kleider zu tragen.

Jacob zuckt mit den Achseln. »Ich bin nur froh, dass mir an diesem Tag nach Captain America war.«

An diesem Tag. Was ist an diesem Tag nur passiert? Ich frage mich, ob er es mir je erzählen wird.

Jacob ignoriert meine Gedanken. Er dreht sich nur auf den Bauch und liest den Comic, den ich aufgeschlagen auf dem Bett liegen gelassen habe.

Einen Moment lang versucht er, die Seite mit reiner Willenskraft umzublättern, dann tue ich es für ihn.

»Eines Tages …«, murmelt er.

Ich höre, wie unten die Haustür geöffnet und wieder geschlossen wird. Ein paar Augenblicke später ruft Dad nach oben: »Familienrat!«

Kapitel 5

Familienrat.

Genau wie *Wir müssen reden* bedeutet dieses Wort selten etwas Gutes.

Auf dem Tisch steht frische Pasta-Pizza. Noch ein schlechtes Zeichen. Pasta-Pizza (Marinara-Soße, Fleischklößchen und Käse auf Knoblauchbrot) ist mein Lieblingsessen, und meine Eltern bestellen es nur zu besondere Gelegenheiten bei Dinos – oder wenn etwas wirklich Schlimmes passiert ist. Eltern können manchmal echt verwirrend sein. Ich finde, es sollte Essen für gute und solches für schlechte Nachrichten geben, damit man weiß, woran man ist.

Mum nimmt Teller aus dem Schrank, und Dad deckt den Tisch, als ich hereinkomme, und beide unterhalten sich laut, ohne wirklich viel zu sagen.

»… oh, ich habe Channel Five dieses Interview gegeben …«

»Und wie lief es?«

»Gut, gut … Hast du den Vertrag ausgedruckt?«

Jacob setzt sich auf den Tresen und lässt lautlos die Beine gegen die Unterschränke baumeln, während ich mir ein Stück Pizza auf den Teller lade. Er betrachtet die Zusammenstellung von Käse, Soße und Fleischbällchen.

»Das ist eklig.«

Du meinst köstlich, denke ich und hebe das Stück zum Mund, um einen großen Bissen zu nehmen. Der heiße Käse bleibt mir am Gaumen kleben, und Mum schnippt mit den Fingern, um mich wortlos dafür zu tadeln, dass ich anfange, bevor wir alle am Tisch sitzen. Dad umarmt mich mit einem Arm. Er riecht nach sauberem Hemd und alten Büchern.

Als wir alle sitzen, erkenne ich ein weiteres Warnzeichen: Mum und Dad essen nicht. Sie tun nicht mal so. Ich zwinge mich, mein eigenes Pasta-Pizza-Stück zurück auf den Teller zu legen.

»Also«, sage ich und versuche, gelassen zu klingen, »was ist los?«

Mum zieht einen lila Stift aus ihrem Dutt und steckt ihn dann wieder zurück.

»Oh, nicht viel …«, meint sie. Dad sieht sie warnend an, fast als hätte sie ihn im Stich gelassen.

»Cassidy …«, beginnt er. Er verwendet meinen vollen Namen – oh. »Wir haben Neuigkeiten …«

Oh Gott, denke ich, *ich werde große Schwester.*

Jacob rümpft angewidert die Nase, und ich bin so

davon überzeugt, dass das die Neuigkeit sein muss, dass es mich völlig überrascht, als Dad sagt: »Wir werden eine eigene Fernsehshow bekommen.«

Verdutzt sehe ich ihn an. »Was?«

»Weißt du noch, als das erste Inspecter-Buch herauskam und es so einen großen Presserummel gab?«, fragt Mum. »Da haben doch einige Leute geglaubt, dass das eine gute Fernsehshow geben würde. Eine Produktionsfirma hat die Rechte gekauft …«

»Ja«, antworte ich langsam, »aber ich erinnere mich auch, dass ihr mir gesagt habt, dass das nie wirklich stattfinden würde.«

Mum rutscht unruhig auf ihrem Stuhl hin und her.

Dad reibt sich über den Nacken.

»Na ja«, meint er dann einfach, »in den letzten Wochen hat es ein paar neue Entwicklungen gegeben. Wir wollten es dir nicht früher erzählen, falls es doch ein Reinfall ist, aber …« Er sieht Mum Hilfe suchend an.

Sie übernimmt und lässt ein strahlendes Lächeln aufblitzen: »Es wird wirklich etwas daraus!«

Ich erstarre. Ich habe keine Ahnung, was das bedeutet. Für sie. Für uns. Für mich.

»Okay«, sage ich, da ich nicht weiß, wo genau der Haken ist. Ich meine, das sind wirklich große Neuigkeiten, aber ich weiß nicht, warum sie das so nervös macht. »Das ist toll. Und wer wird euch spielen?«

Dad lacht leise und antwortet: »Niemand. Wir spielen uns selbst.«

Ich runzle die Stirn. »Das verstehe ich nicht.«

»Es ist keine richtige Serie«, erklärt Dad. »Es ist eher dokumentarisch.«

Mum kann ihre Begeisterung jetzt nicht mehr zurückhalten. »Es wird genau wie in den Büchern – dein Vater steht für die Fakten und ich für die Legenden.« Vor lauter Eifer spricht sie unglaublich schnell. »In jeder Folge geht es um eine andere Stadt, unterschiedliche Orte und Geschichten …«

Mir dreht sich der Kopf, und ich versuche, herauszufinden, ob ich entsetzt oder begeistert bin oder ein wenig von beidem. Ich muss sofort an diese ganzen Geister-Shows im Fernsehen denken. Ihr wisst schon, die, wo die Leute in pechschwarzen Räumen stehen, nur von Nachtsichtkameras eingefangen, und in Mikrofone flüstern. Wird die Show meiner Eltern genau so peinlich werden?

»Und du brauchst nicht vor die Kamera zu treten«, sagt Mum zu mir, »jedenfalls nicht, wenn du nicht wirklich willst. Aber du wirst die ganze Zeit bei uns sein und wir können ja ein anderes Mal zum Strand fahren …«

»Moment mal!« Ich schüttle den Kopf, weil meine Sommerpläne gerade ins Wasser fallen. »Wann soll das denn losgehen?«

Dad runzelt die Stirn. »Nun, die Sache ist die, der Zeitplan ist ziemlich eng. Sie wollen uns nächste Woche schon an der ersten Location haben.«

Nächste Woche. Wenn wir eigentlich im Strandhaus sein sollten.

»Äh. Das ist ja echt bald«, sage ich und versuche, nicht panisch zu klingen. »Wohin geht es denn?«

»Überallhin«, antwortet Mum und zieht einen Ordner hervor, auf dem *Inspecters* steht. »›Die Spukhauptstädte der Welt‹ ist das Thema der Show.«

Die Welt, denke ich, *ist ziemlich groß.*

»Mir machen eher die Spukhauptstädte Sorgen«, findet Jacob.

Für einen Geist hat er wirklich erstaunlich viel Angst vor gruseligen Dingen oder Orten oder allem, was mit dem Schleier zu tun hat.

Lange Zeit habe ich nicht verstanden, warum das so ist. Ich habe mich über vieles gewundert, aber ich wollte nicht fragen. Doch dann war er es wahrscheinlich eines Tages leid, dass ich so viel darüber nachgedacht habe, denn er kam von selbst und hat es mir erzählt.

»Es ist … kalt«, hat er gesagt. »Wie wenn man im Winter rausgeht, aber es ist einem warm, deshalb fängt man nicht gleich an zu frieren, weil man noch so viel überschüssige Wärme hat. Aber ich habe das Gefühl, als sei ich gerade erst ins Haus gekommen. Und dann wieder in die Kälte hinauszugehen … das fühlt sich an, als würde ich nie wieder warm werden.«

Ich wünschte, ich könnte seine Hand nehmen.

Ihm etwas von meiner Wärme geben.

Aber ich kann ihm nur versprechen, dass ich ihn nicht erfrieren lassen werde.

Dass ich ihn nie zurücklassen werde.

Wo du hingehst, gehe auch ich hin, denke ich.

»Na, Cass?«, fragt mein Vater. Das Licht spiegelt sich auf seinen Brillengläsern, sodass es aussieht, als würde er mir zuzwinkern.

So viel zu einem geisterfreien Sommer.

»Was hältst du davon?«, fragt Mum.

Das ist keine faire Frage. Überhaupt nicht. So eine Frage stellen Eltern gerne, wenn man gar keine Wahl hat. Ich finde, es klingt verrückt und gruselig. Ich würde lieber zum Strand fahren.

Aber Mum und Dad sind so begeistert, dass ich es ihnen nicht verderben will. Außerdem – ich werfe Jacob einen Blick zu –, es *könnte* ja auch Spaß machen.

Er stöhnt.

Mum schlägt die Mappe auf und ich überfliege die erste Seite.

Inspecters

1. Folge

Location: Edinburgh, Schottland

Was weiß ich über Schottland? Dass es im Norden von Großbritannien ist, einen Ozean weit entfernt. Dass es da Leute in Kilts gibt – und das war's auch schon.

Ich lese weiter und stolpere über den Titel der Folge:

Stadt der Geister

»Gut, dass das gar nicht unheilvoll klingt …«, sagt Jacob trocken. Mich überläuft ein Schauer, der zur Hälfte der Zweifel und zur Hälfte der Aufregung geschuldet ist.

Ich dachte eigentlich, dass mein Leben schon ziemlich skurril ist.

Aber offensichtlich geht es noch skurriler.

TEIL ZWEI

Stadt der Geister

Kapitel 6

»Cassidy! Das Taxi ist da!«

Ich stopfe die allerletzten Sachen in meinen Koffer und setze mich auf den Deckel, um ihn zuzubekommen. Eigentlich hätte ich ja für den Strand packen sollen. Badeanzug, Shorts und Sonnencreme für einen Sommer ohne Geister. Stattdessen habe ich Pullover und Stiefel in meinen Koffer gepackt. Die Wetter-App auf meinem Telefon sagt nämlich, dass die schottische Definition von Sommer Kälte und Regen mit Aussicht auf Hagel ist.

Jacob sitzt wie üblich in Jeans und T-Shirt auf dem Bettrand, denn Geister brauchen keine Regenmäntel.

»Die Comics hast du, nicht wahr?«, erkundigt er sich.

»Ja, die sind in meinem Rucksack.«

»Meinst du nicht, dass du noch einen mehr mitnehmen kannst? Mir ist eingefallen, dass wir gar kein *Justice League* …«

»Nein«, entgegne ich und sehe noch einmal nach, ob ich genug Filme in der Kameratasche habe. »Ich setze dich auf Comic-Diät.«

Dad taucht in meiner Tür auf, in der einen Hand einen Koffer, in der anderen den Katzenkorb, aus dessen Tiefe Grim düster hervorblickt.

»Mit wem redest du?«, will Dad wissen.

»Nur mit Jacob«, erwidere ich.

Dad sieht sich mir zuliebe übertrieben sorgfältig um. »Und ist *Jacob* auch fertig?«

»Oh ja«, bestätige ich nachdrücklich. »Er kann es kaum erwarten, die ganzen Spukhäuser, -höhlen und -schlösser zu sehen.«

Jacob sieht mich finster an. »Verräterin!«

»Das freut mich«, meint Dad fröhlich. »Ich kann euch zwar keine Geister versprechen, aber auf jeden Fall eine Menge Geschichte.«

Grim faucht protestierend.

Ich ziehe den Reißverschluss meines Koffers zu und zerre ihn mit störrischem Poltern die Treppe hinunter, durch die offene Tür und die Stufen zum wartenden Taxi hinab. Dann sehe ich zum Haus zurück und verspüre einen Anflug von Nervosität, als Dad die Haustür abschließt.

Meine Mutter deutet meinen Gesichtsausdruck richtig und beruhigt mich: »Es ist immer noch da, wenn wir wiederkommen. Das jetzt ist nur ein Ortswechsel, eine neue Geschichte, ein neues Kapitel. Wir müssen noch ein ganzes Buch schreiben«, sagt sie und legt mir den Arm um die Schulter. »Und wie schreiben wir das?«

»Eine Seite nach der anderen«, antworte ich.

Es ist Mums Lieblingsspruch und seit meinem Tauchgang im Fluss klammere ich mich häufig daran wie an ein Rettungsseil. Immer wenn ich nervös oder ängstlich bin, sage ich mir, dass es in jeder guten Story Wendungen und Komplikationen geben muss. Und dass jede wahre Heldin ein Abenteuer braucht.

Also klettern wir ins Taxi – zwei Eltern, ein Mädchen, ein Geist und eine genervte Katze – und machen uns auf den Weg zum Flughafen.

Mum und Dad reden fast die ganze Fahrt lang über den Zeitplan. Der Sender hat vor Ort eine Filmcrew und einen Führer angeheuert und uns eine Woche Zeit gegeben, alles zu filmen, was wir brauchen. Dad hat die Mappe mit der Geschichte der verschiedenen Orte aufgeschlagen und Mum ein Notizbuch voller Aufzeichnungen, die niemand außer ihr entziffern kann. Je länger ich ihnen zuhöre, desto mehr erkenne ich, dass diese Show schon seit *Monaten* geplant ist, auch wenn sie erst jetzt zustande gekommen ist.

Nichts geschieht, bis es geschieht, und dann geschieht es bereits. Das ist ein Spruch von Dad.

Das Taxi fährt am Flughafen vor. Doch als wir aussteigen, sind wir nicht länger zwei Eltern, ein Mädchen, ein Geist und eine genervte Katze.

Denn Jacob ist weg.

Das macht er manchmal. Er verschwindet. Ich weiß nicht, ob er schmollt oder einfach nur eine Abkürzung nimmt. Das erste Mal, das er verschwunden ist, war, als wir für Recherchen zum neuesten Buch meiner Eltern auf der Suche nach Leuchttürmen, in denen es spukt, an der Ostküste entlanggefahren sind. Gerade war er noch da, dann war er ganz plötzlich verschwunden. Ich habe Panik bekommen und befürchtet, er sei irgendwie an den Fluss gebunden oder dass er zehn oder zwanzig Meilen hinter der Stadt an eine unsichtbare Grenze gestoßen sei und dort festsaß.

Doch als wir am ersten Leuchtturm ankamen, saß er dort schon auf der Treppe und hat auf uns gewartet.

»Was ist? Mir wird im Auto eben schlecht«, verteidigte er sich.

Typische Jacob-Antwort.

Ich frage mich, wohin er wirklich geht und was er ohne mich so treibt. Ich frage mich, ob Geister Schlaf brauchen, ob er hinter den Schleier gehen muss, um sich zu erholen, oder ob er einfach nur launisch ist.

Doch als meine Eltern und ich unser Gepäck aufgeben, durch die Sicherheitskontrolle gehen und ins Flugzeug steigen, ist immer noch keine Spur von ihm zu sehen. Beim Start sitze ich am Fenster, sehe die Erde unter uns kleiner werden und wünsche mir, er wäre bei mir geblieben.

»Meine Damen und Herren, wir bitten Sie nun, sich wieder anzuschnallen …«

Als ich die Augen aufschlage und mein Gesicht ans Fenster drücke, geht gerade die Sonne auf. Man kann kaum glauben, dass unter uns tatsächlich ein Ozean liegt, auf dessen anderer Seite uns eine neue Welt erwartet. Eine Welt voller Geheimnisse, Mysterien und Geister.

Das Merkwürdigste ist, dass ich hier oben in zwölftausend Meter Höhe, in diesem Metallvogel, den Schleier nicht spüren kann. Hier zupft keine *andere Seite* an meinem Bewusstsein, ich sehe kein graues Tuch am Rand meines Gesichtsfeldes. Es ist, als fehle ein Teil von mir. Wie bei *Peter Pan*, der seinen Schatten verloren hat.

Dass Jacob nicht hier ist, macht die Sache nicht besser.

Ich versuche, mir keine Sorgen zu machen. Letztendlich ist er bis jetzt doch immer wieder aufgetaucht.

Das Flugzeug wird in einer Turbulenz kurz durchgerüttelt und aus seiner Transportbox unter dem Sitz vor mir sieht Grim mich finster an. Er gibt zwar keinen Laut von sich, aber seine grünen Augen funkeln mich an, als sei ich persönlich für seine temporäre Gefangenschaft verantwortlich.

Dad schläft tief und fest, aber Mum ist wach und blättert in einem Buch mit dem Titel *Geister,*

Gespenster, Schottland. Es sieht ziemlich kitschig aus: Auf dem Cover ist ein Schloss unter einem Vollmond zu sehen und davor formen sich Nebelschwaden zu schlecht bearbeiteten Photoshop-Geistern. Trotzdem sehe ich mit hinein und stelle fest, dass es ein Kapitel über Edinburgh gibt.

Die Stadt, die sich, wie sich herausstellt, *Eh-dinboro* und nicht *Eh-din-burg* ausspricht, ist über neunhundert Jahre alt. Es gibt einen illustrierten Stadtplan mit Parks, Brücken, Kirchen und sogar einem Schloss. Die Stadt ist kleiner, als ich erwartet habe, nur ein paar Meilen im Durchmesser, und geteilt in eine Altstadt und eine Neustadt.

»Neu ist relativ«, erklärt Mum, als sie bemerkt, dass ich mitlese. »Auch dieser Teil der Stadt ist über zweihundert Jahre alt. Aber die Geister sind alle in der Altstadt«, fügt sie kichernd hinzu.

»Und wo wohnen wir?«, frage ich, obwohl ich die Antwort schon kenne, noch bevor ihr Finger auf einen Punkt der Karte mitten in der Altstadt zeigt.

Na super, kann ich Jacob förmlich sagen hören, als ich mich zurücklehne.

Ich starre aus dem Fenster in den langsam heller werdenden Himmel. Wieder denke ich an Jacob und frage mich, ob Geister fließende Gewässer überqueren können. Die Sorge belastet mich auch noch während des Landeanflugs, und als wir endlich unten sind, ist sie zu einer voll ausgewachsenen Panik geworden.

Kein Jacob am Ausstieg.

Kein Jacob am Terminal.

Kein Jacob an der Rolltreppe zur Gepäckausgabe.

Dann beginnt das Gepäck auf das Laufband zu poltern, und das Erste, was ich sehe, ist nicht mein gelb-rot gestreifter Koffer (ja, ich bin ein Gryffindor), sondern der Junge, der rittlings darauf sitzt. Er liebt es eben, einen großen Auftritt hinzulegen.

Erleichtert seufze ich auf. Jacob springt vom Band, schiebt die Hände in die Taschen und grinst mich schief an.

»Geistervorteil«, erklärt er, und ich kann mich nicht entscheiden, ob ich ihn lieber umarmen oder schlagen soll. Zu seinem Glück geht beides nicht.

Im schwarzen Taxi, in das wir kurz darauf steigen, drückt sich Grim flach auf den Boden seiner Transportkiste und sieht Jacob finster an. Der schneidet Grimassen zurück, während Mum dem Fahrer die Adresse gibt.

Ein paar Minuten lang fahren wir durch ganz normale Straßen mit Läden und Friseuren und Banken. Doch dann ändert sich ganz plötzlich die Straße unter uns, aus dem Asphalt wird Kopfsteinpflaster, und ich habe das Gefühl, als würde vor den Autofenstern die Zeit zurückgedreht. Das Auto holpert über die unebenen Steine. Grim schießt giftige Blicke umher und Jacob sieht ein wenig grün aus.

Der Fahrer sagt etwas, doch sein Dialekt ist so

heftig, dass ich einen Moment brauche, um zu realisieren, dass er mit uns redet und nicht etwa ein Lied singt. Dad nickt abwesend und tut, als würde er ihn verstehen. Doch ich schaffe es, in der melodischen Stimme Worte zu erkennen. Er stellt eine Frage.

»Was bringt euch ins hübsche Schottland?«

Mum muss es auch verstanden haben, denn sie neigt sich vor und sagt: »Geister.«

Bei uns zu Hause würde das jede Konversation im Keim ersticken, doch der Taxifahrer bleibt völlig ungerührt.

»Aye«, sagt er nur, »oben im Norden hab ich auch mal einen Geist gesehen.«

»Wirklich?«, fragt Mum erfreut.

»Aye.« Er nickt. »Auf einem Ausflug in die Highlands mit meiner Frau. Nachdem wir spazieren waren und die Gegend besichtigt haben, sind wir zu einem Schloss in der Nähe, um etwas zu trinken.«

Ist so weit ja ganz normal, denke ich.

»Die alte Küche dort haben sie zu einem Restaurant umgebaut, mit viel Stein und Glas und einem Feuer im Kamin, vor dem drei niedrige Sessel standen«, erzählt der Fahrer. »Zwei Sessel waren frei, im dritten saß ein Mann und sah ins Feuer. Einer von der noblen Sorte. Meine Frau wollte an einen Tisch weiter hinten. Ich hatte die Getränke in der Hand und lief ihr hinterher, aber weil es eng war und ich ja nicht gerade klein bin, habe ich den Sessel des Herrn angestoßen und ihn fast mit Bier beschüttet. Ich hab mich natürlich bei ihm entschuldigt – und da dreht sich meine Frau um und fragt, mit wem ich denn spreche. Und ob man's glaubt oder nicht …« Er zögert kurz und die Spannung im Taxi steigt. »Da war niemand. Alle drei Sessel waren leer.«

Dad sieht nachdenklich aus, als wäre das ein Rätsel, das er lösen muss, doch Mums Augen leuchten wie die eines Kindes am Lagerfeuer. Jacob und ich sehen uns misstrauisch an. Es ist eine Sache, wenn ein Geist ein Objekt anstößt oder einen Badezimmerspiegel beschlagen lässt. Aber dass er sich einfach so in unserer Welt zeigt, als sei er aus Fleisch und Blut? Das habe ich bisher nur bei Jacob erlebt, und das nur, weil wir miteinander verbunden sind. Das heißt also entweder, dass der Taxifahrer uns aufzieht, oder, dass er sich getäuscht hat.

Es gibt schließlich einen Grund dafür, dass die Menschen Geister meist im Dunkeln zu sehen glauben, wenn Licht und Schatten unser Sehvermögen beeinflussen.

Der Blick des Taxifahrers trifft den meinen im Rückspiegel, und lächelnd fragt er: »Du glaubst mir nicht, Kleine? Schon gut. Wenn du lange genug in Schottland bleibst, kannst du deine eigenen Geschichten erzählen.«

Er weiß ja nicht, dass ich schon jede Menge davon habe.

Das Taxi biegt um eine Ecke und plötzlich ragt die Burg von Mums Karte vor uns auf. Nur dass es keine winzige Zeichnung ist. Es ist eine *richtige, echte* Burg. Auf einem Felsen. Ich starre sie mit großen Augen an und Dad pfeift leise anerkennend durch die Zähne. Mum strahlt. Selbst Jacob scheint beeindruckt. Wie auf einer Postkarte prangt die Burg vor dem tiefblauen Himmel.

»Klasse, was?«, fragt der Taxifahrer.

Der Karte nach liegt das Schloss mitten in der Altstadt, und tatsächlich überqueren wir gleich darauf eine Brücke (die nicht über einen Fluss führt, sondern über Bahngleise und einen großen grünen Park) und kommen in den noch älteren Teil der Stadt.

Der Taxifahrer biegt von der belebten Straße ab und fährt einen Hang hinunter.

»Da sind wir«, sagt er und hält vor einem alten Steinhaus mit einer roten Tür. »Das ist das Lane's End.«

Kapitel 7

Das Lane's End erinnert mich an eine Szene aus *Harry Potter und der Orden des Phönix*, in der Harry zum Hauptquartier des Ordens kommt – eigentlich das Haus von Sirius Black –, das aber durch einen Zauber verborgen ist. Einer der Zauberer berührt die Steine davor und die Gebäude gleiten auseinander und geben den Blick auf das dazwischen liegende Hauptquartier frei.

Genauso sieht das Lane's End aus – ein graues Gebäude zwischen zwei anderen grauen Gebäuden. Sie stehen da wie Bücher in einem Regal. Die steinernen Rücken reihen sich lückenlos aneinander und die Dächer sind mit Schornsteinen besetzt.

Als wir an der knallroten Tür läuten, macht uns eine alte Frau auf. Sie hat rosige Wangen und helle Haut und eine dicke weiße Katze streicht um ihre Füße.

»Oh hallo!«, begrüßt uns die Frau. »Sie müssen die

Blakes sein. Ich bin Mrs Weathershire, ich führe das Lane's End. Bitte kommen Sie doch rein.«

An den Wänden des Foyers hängen altmodische Porträts, deren Gesichter ins Leere starren. Rechts führt ein hoher Türbogen in ein Wohnzimmer und am Ende des Ganges ragt eine steile Holztreppe wie ein Baum in die Höhe. Während Mrs Weathershire uns über unseren Aufenthalt hier informiert, gehe ich zur Treppe.

Jacob kommt neben mich. »Ich wette, hier spukt es.«

Er glaubt, dass es überall spukt. Beim Lane's End ist das schwer zu sagen. Natürlich ist es alt, aber das heißt noch lange nicht …

In der Wand klappert eine Rohrleitung und über uns erklingen Schritte.

Jacob zieht die Brauen hoch.

Na ja, vielleicht doch.

Vom Fuß der Treppe aus sehe ich nach oben und entdecke ein Mädchen, das auf mich heruntersieht.

Sie ist etwa so alt wie ich und trägt eine strahlend weiße Bluse und einen Faltenrock. Ihre Haut ist hellbraun und sie trägt ihr glänzendes schwarzes Haar in einem ordentlich geflochtenen Zopf. Sie starrt mich an, ohne zu blinzeln, und ich starre zurück, denn irgendetwas an ihr ist merkwürdig. Vertraut. Ich werde das Gefühl nicht los, dass ich sie schon einmal gesehen habe, obwohl ich genau weiß, dass das nicht sein kann.

»Cassidy!«, ruft Dad.

Ich reiße meinen Blick von dem Mädchen los und gehe an Grims Tragekorb vorbei. Mrs Weathershires weiße Flauschekatze steckt neugierig eine Pfote durch die Gitterstäbe. Grim wirft mir einen Blick zu, der halb flehend, halb wütend ist, daher hebe ich ihn hoch und nehme den Korb mit ins Wohnzimmer.

Der große Raum hat eine hohe Decke und viele Bücherregale sowie einen offenen Kamin, um den zwei Sofas und ein Sessel stehen. Es erinnert mich ein wenig an die drei Sessel in der Geschichte des Taxifahrers, aber hier gibt es keinen Gentleman-Geist, nur Mum und Dad und Mrs Weathershire.

Ich stelle Grims Käfig ab und lasse mich auf eines der Sofas fallen. Erschrocken quieke ich auf, als ich immer tiefer in den riesigen Kissen versinke wie in Treibsand.

Mum reicht mir die Hand und zieht mich wieder hoch, während Mrs Weathershire eine Kanne Tee und ein Tablett auf den Tisch stellt. Mir knurrt der Magen – egal wie viel man in einem Flugzeug isst, man hat immer noch Hunger.

»Einen Keks?«, bietet Mrs Weathershire an und reicht mir einen Teller.

Ich strecke gerade die Hand danach aus, als über uns erneut Schritte erklingen.

Dieses Mal sehen wir alle auf.

»Oh, lassen Sie sich nicht stören«, meint Mrs Weathershire. »Das ist sicher nur mein Mann.«

»Werden wir ihn auch kennenlernen?«, fragt Dad.

Unsere Gastgeberin lacht kurz auf. »Das glaube ich nicht. Mr Weathershire ist seit fast acht Jahren tot«, erklärt sie immer noch lächelnd. »Tee?«

Jacob wirft mir einen langen Seitenblick zu, und ich muss nicht seine Gedanken lesen können, um zu wissen, was er denkt.

Auf jeden Fall spukt es hier.

Möglicherweise hat er recht, aber das werde ich nicht herausfinden. Ich habe eine Regel: Dort, wo ich schlafe, gehe ich niemals hinter den Schleier. Nie. Manchmal ist es einfach besser, Dinge nicht zu wissen.

»Also«, erkundigt sich Mrs Weathershire, während sie den Tee eingießt. »Was bringt Sie in unsere schöne Stadt?«

»Nun, tatsächlich sind wir hier, um eine Sendung über Geister zu drehen«, erklärt Mum.

»Oh«, sagt unsere Gastgeberin und hebt ihre Tasse. »Na, da müssen Sie nicht lange suchen. Mein Reginald hatte viel für die Toten von Edinburgh übrig. Er war fast schon besessen davon.« Sie nickt zu den Regalen an den Wänden. »Jahrelang hat er die Geschichten der Einheimischen gesammelt und in seinen Büchern dort aufgeschrieben.«

Mum horcht bei der Erwähnung von Geschichten auf, während Dad bei den schriftlichen Aufzeichnungen zu strahlen beginnt.

»Wirklich?«, sagt er und ist schon halb aufgestanden. »Darf ich?«

»Aber gerne!«

Nachdem Dad sich einen Stapel Notizbücher geholt, Mum ihren Tee ausgetrunken hat und ich so viele Kekse gemampft habe, dass mir ein bisschen schlecht ist, steht Mrs Weathershire auf.

»Nun, dann zeige ich Ihnen mal Ihre Wohnung.«

Flat heißt das hier, das ist die englische Bezeichnung für ein Appartement, obwohl das Wort *flach*, wie es übersetzt heißen würde, angesichts der drei Stockwerke, die wir hinaufsteigen müssen, nicht gerade angebracht ist. Auf dem ersten Treppenabsatz ist nichts von dem schwarzhaarigen Mädchen zu sehen und auch sonst ist niemand da.

Mum erzählt mir, dass man zum Aufzug hier *Lift* sagt, was nützlich wäre, wenn es hier einen gäbe. Außerdem erklärt sie, dass das Lane's End ein *Lodging House* ist, das ist eine Art Hotel voller kleiner Wohnungen, also *Flats*, anstatt normaler Hotelzimmer. Es gibt zwei Wohnungen pro Stockwerk und auf dem dritten Treppenabsatz bleibt Mrs Weathershire schließlich vor einer Tür mit einer 3B aus Messing stehen und zückt einen altmodischen Schlüssel.

»Da wären wir …«

Die Tür macht ein Geräusch wie aus einem Gruselfilm, doch dahinter ist es gemütlich und sauber. Es gibt zwei Schlafzimmer und ein Wohnzimmer mit einem Kamin, einem Sofa, das glücklicherweise nicht aussieht, als würde es mich gleich verschlingen, und einem Schreibtisch unter einem großen Fenster.

Mum und Dad bleiben vor der Tür stehen und unterhalten sich noch mit Mrs Weathershire.

»Wenn Sie etwas brauchen, ich bin gleich unten im ersten Stock«, sagt sie.

Ich befreie inzwischen Grim aus seinem Transportkäfig. Sofort schießt er unters Sofa und ich gehe zum Fenster über dem Schreibtisch. Die Scheibe ist beschlagen, aber als ich mit der Hand über die kühle Oberfläche streiche, sehe ich überrascht die Burg auf der anderen Seite. Sie ragt über einer Landschaft aus Spitzdächern und Schornsteinen auf. Der Ausblick verschlägt mir den Atem: Er erinnert eher an Märchen als an Geistergeschichten.

»Jacob«, sage ich, »das musst du dir wirklich ansehen.«

Doch Jacob antwortet nicht.

Ich drehe mich um. Er ist nicht da. Ich gehe ins Bad, wo ich eine Badewanne mit Löwenfüßen finde. (Sie hat tatsächlich monströse Klauen als Füße, als hätte man den unteren Teil eines Gargoyles ausgehöhlt.) Aber keinen Jacob.

»Jacob?«, zische ich leise und gehe ins erste Schlafzimmer. Nichts.

Ich betrete das zweite, wo ich ihn schließlich finde.

Er steht am Fußende des Bettes und starrt auf etwas hinter der Tür.

»Jacob?«

Er blinzelt nicht und rührt sich auch nicht.

Als ich hinter ihn trete, erkenne ich, was er ansieht: einen Spiegel.

Einen großen Spiegel in einem vergoldeten Rahmen, der an der Wand lehnt.

Zuerst glaube ich, dass er etwas Merkwürdiges am Spiegel entdeckt hat, doch dann wird mir klar, dass es sein Spiegelbild selbst ist, das ihn so gefangen hält. Als ich seinem Blick folge, stockt mir der Atem, und die Haare auf meinen Armen stellen sich auf.

Es gibt zwei Jacobs, den neben mir und den im Spiegel, aber sie sind nicht gleich. Der Jacob neben mir ist der, den ich kenne. Aber der im Spiegel ist grau und hager, sein T-Shirt und seine Jeans nass, und um seine Füße sammelt sich Flusswasser. Mich kann man nicht mehr so leicht erschrecken, aber ihn so zu sehen, gruselt mich. Der Jacob im Spiegel sieht to… Ich halte inne. Ich will das Wort nicht denken.

»Jacob«, sage ich, doch er scheint mich nicht zu hören. Sein Blick ist gleichzeitig konzentriert und leer. Ich will ihn an der Schulter packen, aber ich greife natürlich ins Leere. Schließlich trete ich zwischen ihn und sein Spiegelbild, damit er es nicht mehr sehen kann.

»Jacob!«

Er blinzelt und macht einen kleinen, unsicheren Schritt zurück.

»Was war das denn?«, frage ich.

Langsam und zögernd antwortet er: »Ich … ich weiß nicht …«

Er schaudert, als sei ihm kalt, dreht sich um und verlässt den Raum ohne ein weiteres Wort. Ich wende mich wieder dem Spiegel zu, und halb erwarte ich, den anderen Jacob dort noch zu sehen. Aber da bin nur noch ich.

Ich gehe ins Wohnzimmer, wo Dad gerade sein Telefon ans Ladekabel steckt und Mum auspackt. Jacob sitzt auf dem Sofa und sieht immer noch verstört und abwesend drein.

Alles in Ordnung?, denke ich und lasse mich neben ihn aufs Sofa fallen.

Er nickt abwesend.

Draußen verschwindet die Sonne hinter den Wolken und plötzlich wird es dunkel im Raum. Es ist fast, wie hinter den Schleier zu treten – alles wird grau und bedrohlich.

Mum stemmt die Hände in die Hüften und sieht sich um.

»Das ist wundervoll«, stellt sie fest, ohne eine Spur von Sarkasmus, und fragt mich: »Irgendeine Spur von unserem Hausgeist?«

Damit meint sie wohl Mr Weathershire und nicht Jacob, daher schüttle ich den Kopf.

»Also wohl doch nur eine dicke Katze und ein paar alte Leitungen«, meint Dad.

Mum wickelt ihre Haare zu einem wirren Knoten zusammen. »Spielverderber«, sagt sie und küsst ihn auf die Wange.

»Als ob dir das irgendjemand verderben könnte«, entgegnet er und putzt seine Brille.

Ich muss ein Gähnen unterdrücken. Eine Sekunde später gähnt auch Dad.

»Wagt es ja nicht!«, ruft Mum. »Wir müssen wach bleiben. Nur so können wir den Jetlag überwinden.«

Jetlag ist offensichtlich das, was passiert, wenn man nachts den Atlantik überquert und der Körper sich nicht schnell genug an die Zeitumstellung gewöhnen kann.

Ich rolle mich auf dem Sofa zusammen, während Dad die Produzenten anruft, um Bescheid zu geben, dass wir angekommen sind. Die Crew kommt morgen mit dem Flieger aus London und wir werden uns mit ihnen und unserem einheimischen Führer treffen. Dad wandert ins Schlafzimmer und brummelt etwas von Logistik (obwohl ich vermute, dass er nur ein Schläfchen machen will). Ich gähne erneut und schließe die Augen, doch Mum packt mich an der Schulter.

»Komm«, fordert sie mich auf und zieht mich hoch. »Es ist so ein schöner Tag.«

Ich sehe aus dem Fenster.

»Sieht nach Regen aus.«

Doch davon will Mum nichts hören und wirft mir meinen Regenmantel zu. »Dann ist es ja gut, dass wir darauf vorbereitet sind.«

Ich sehe zum Sofa, doch Jacob ist fort, und bevor ich nach ihm suchen kann, hakt Mum mich unter und zerrt mich zur Tür. Ich kann mich gerade lange genug aus ihrem Griff befreien, um mir meine Kamera zu schnappen.

Als wir aus der Tür treten, ist das Wetter grau, und ein feiner Nebel hängt in den Straßen, der die Menschen zu unscharfen Schatten werden lässt. In der Nähe kreischen ein paar Möwen. Irgendwo läutet eine Kirchenglocke.

Das ist also Schottland, denke ich.

Wie sehr kann es hier schon spuken?

Kapitel 8

Folter! Mord! Verstümmelung!«

Ein Mann mit Zylinder und schäbigem Anzug breitet seine Arme aus. »Lernen Sie die dunkelsten Geheimnisse der Stadt in Edinburghs Kerkern kennen!«

Dudelsackmusik klingt durch die Straßen und an einer altertümlichen Laterne lehnt eine Frau in einem dunklen Kleid.

»Geistertouren, jeden Abend«, verkündet sie. »Treffpunkt bei Sonnenuntergang an der Laterne.«

»Erkunden Sie Mary King's Close!«, wirbt ein weiterer Mann in einem altmodischen Umhang.

»Hören Sie die Geschichte von Burke und Hare!«

»Folgen sie den Spuren der Toten dieser Stadt!«

Mum und ich gehen die *Royal Mile* hinunter. Es ist eine breite, belebte Straße, die von der Burg bis hinunter zum Fuß eines Berges führt, den man Arthur's Seat nennt. Wie Bücherstützen stehen Burg und Berg je an einem Ende der Stadt.

Mum ist ganz aufgeregt und genießt diesen Betrieb und Lärm sichtlich. Doch ich habe das Gefühl, den Verstand zu verlieren, denn hinter all der Geschäftigkeit spüre ich das ständige *Tipp-tipp-tipp* der Geister. Einige schwach, andere ganz nah und von allen Seiten, in einem leisen, steten Rhythmus, wie ein Pulsschlag der Stadt.

Ich lege eine Hand auf Mums Arm, während wir uns durch die Menge schlängeln. Die meisten Eltern müssen darauf aufpassen, dass ihre Kinder nicht verloren gehen, doch bei uns war es schon immer umgekehrt. Dad lernt Wegbeschreibungen gern auswendig, aber Mum zieht es vor, sich zu verlaufen.

Wie soll man denn sonst etwas Neues entdecken?, fragt sie immer.

Sie springt schnell in einen Touristenladen und kauft uns Wasserflaschen, während ich auf dem Gehweg stehen bleibe und Fotos von den Straßenkünstlern und Passanten mache. Ich fotografiere eine Frau in Weiß, die auf einer Säule steht und mit an- und abschwellender Stimme ein schauriges Lied singt. Den alten Mann, der einen Strauß schwarzer Papierrosen hält, auf deren Blütenblättern Worte geschrieben stehen. Einen Dudelsack spielenden Mann im Kilt, der eine klagende, windartige Melodie spielt.

Das ist natürlich alles nur Show und soll den Straßen eine unheimliche Aura verleihen. Aber ich kann dahinter das gespenstische Ziehen des Schleiers spüren. Normalerweise muss ich danach greifen, aber hier, mitten im chaotischen Treiben der Royal Mile, greift der Schleier nach mir. Er legt mir die Hand auf die Schulter und versucht, mich zu sich zu ziehen. Graue Fäden tanzen in meinem Blickfeld, doch ich lasse mich nicht darauf ein. Stattdessen ziehe ich meinen Regenmantel fest zu und sehe mich in der Straße um, sehe Läden und Pubs, Kirchen, Spirituosenläden und …

Mein Blick bleibt an einer Reihe Kameras in einem Schaufenster hängen und sofort schlägt mein Herz schneller. Es ist ein Fotoladen. *Bellamy's* steht in verschnörkelter Schrift auf der großen Fensterscheibe. Ich präge mir die Lage ein, damit ich wieder hierherfinden kann, wenn meine Filmrolle zu Ende ist.

Mum kommt mit den Wasserflaschen, einem Schokoriegel und einem dünnen Reiseführer zurück.

»Komm mit, Cass. Ich habe etwas gefunden, was dir gefallen wird.«

Ich mache mich auf etwas Gruseliges oder Gespenstisches gefasst, doch Mum führt mich zu einem Ort namens *Elephant House*, einem leuchtend roten Café mit einem Banner, das stolz verkündet:

Geburtsort von Harry Potter.

»Nein!«, staune ich und folge ihr nach drinnen.

Ehrfürchtig erkunde ich mit Mum das Café.

Offenbar hat die Autorin J.K. Rowling – *die* J.K.

Rowling – hier im *Elephant House* Harry, Hermine und Ron erfunden.

Hier hat sie an einem der Holztische gesessen und sich Hogwarts, Askaban und die Winkelgasse ausgedacht.

Hier hat sie Quidditch, das Trimagische Turnier und die Heiligtümer des Todes geschaffen.

Selbst die winzigen Toilettenkabinen erzählen eine Geschichte. Sie sind von oben bis unten mit Danksagungen vollgekritzelt. In so vielen Sprachen und Handschriften, dass sie eine ganze Tapete voller Liebe ergeben: ein bleibendes Monument für eine legendäre Buchreihe.

Als wir wieder auf die Straße kommen, strahle ich. Edinburgh ist offiziell meine Lieblingsstadt.

Plötzlich verdüstern sich die Wolken über uns und ein bedrohlicher Wind streicht mir durchs Haar.

»Ich glaube, es fängt gleich an zu regnen«, stelle ich schaudernd fest.

Mum zuckt nur mit den Achseln. »Das ist Schottland. Hier fängt es immer gleich an zu regnen.« Wieder sieht sie in ihr Buch.

Es muss wohl an der Magie des *Elephant House* liegen, die mich noch immer in ihrem Bann hat, denn als sie sagt, wir sollten einen Ort namens Greyfriars Kirk besuchen, stimme ich zu.

Unterwegs fällt mir ein, dass ich keine Ahnung habe, was das überhaupt bedeuten soll.

»Das ist eine Kirche«, erklärt Mum und fügt fröhlich hinzu: »Und diese hier hat den größten Geisterfriedhof von ganz Europa!«

Und mit einem Mal ist die gute Laune der Zauberwelt verschwunden und der Bedrohung durch Geister und Gespenster gewichen. Auf dem Weg zum Friedhof kann ich Jacob in meinem Kopf förmlich hören, wie er ein leises, sarkastisches »Yaaaay!« ausstößt.

Über dem eisernen Tor zwischen den beiden Steinsäulen prangt in geschnörkelter Schrift:

GREYFRIARS

Hinter dem Tor sehe ich weite grüne Rasenflächen, die Buntglasfenster einer Kirche und Menschen, die zwischen den Gräbern umhergehen. Beim Einatmen rieche ich feuchte Steine und alte Erde.

Doch als wir uns dem Tor nähern, bleibe ich stehen.

Nicht, was ich sehe oder rieche, beunruhigt mich, sondern das, was ich *fühle*.

Die Luft wird zum Schneiden dick und in meinem Kopf baut sich Druck auf. Das Gewicht des Schleiers ist nicht länger ein Arm um meine Schultern, sondern ein nasses Tuch, schwer und erdrückend. Vor meinen Augen bläht sich der graue Stoff.

Mum quietscht vergnügt auf und zeigt mir ihren Unterarm, auf dem sich alle Haare aufgestellt haben.

»Sieh mal, Gänsehaut!«, ruft sie begeistert.

Ich habe auch eine Gänsehaut, aber aus ganz anderen Gründen.

Auf der Royal Mile mag es ja gespukt haben, aber das war nichts im Vergleich zu dem hier. Das hier fühlt sich ganz anders an

Der Ort hinter dem Schleier an sich ist nicht gruselig oder schlecht. Es ist einfach nur ein anderer Ort. Aber die Energie hier ist düster und bedrohlich. Ich will Mum sagen, dass wir lieber umkehren sollten, doch sie hat mich schon untergehakt und schiebt mich über die Schwelle auf den Friedhof. Obwohl ich den Schleier gar nicht überquert habe, habe ich sofort das Gefühl, als sei ich aus einer Welt in eine andere getreten.

Gleich neben dem Tor steht eine Touristengruppe. Der Führer deutet auf eines der Gräber, auf dem sich Hundespielzeug türmt.

»Einer von Greyfriars berühmtesten Bewohnern war ein kleiner Terrier namens Bobby«, erklärt er in gepflegtem englischem Akzent. »Aber anders als die meisten Bewohner hier war er noch sehr lebendig, als er auf den Friedhof kam …«

Mum und ich stellen uns hinter die Gruppe und hören zu.

»Man sagt, dass Bobby, als sein Besitzer starb und hier begraben wurde, bei seinem Grab blieb. Und das nicht nur ein oder zwei Nächte, sondern vierzehn Jahre lang. Als er schließlich selbst starb …«

Aus der Gruppe erklang ein trauriges »Ohhhh!«

»... wurde er gleich neben dem Tor begraben.« Der Gesichtsausdruck des Führers hellt sich auf. »Bobby ist wahrscheinlich der freundlichste Geist, den Sie hier antreffen können. Greyfriars ist Ruhestätte sowohl für Mörder als auch Ermordete.« Er verstummt und lässt die Spannung ein wenig ansteigen, dann klatscht er in die Hände. »Nun, jetzt haben Sie eine Stunde Zeit, sich selbst umzusehen. Aber gehen Sie dem Poltergeist auf dem Hügel lieber aus dem Weg.«

Die Touristen teilen sich in kleinere Grüppchen auf und schlendern die verschiedenen Wege entlang.

Mum beginnt bei der Aussicht auf einen Poltergeist zu strahlen. »Den müssen wir unbedingt sehen!«

»Geh du ruhig«, winke ich ab. »Ich bleibe lieber hier bei den normalen Gräbern.«

»Gut«, erwidert sie. »Aber geh nicht zu weit weg.«

Damit hüpft sie davon, mit einer Begeisterung, als gäbe es dort oben Kuchen und keine Leichen.

Ich drehe mich um und lasse meinen Blick über den sanft hügeligen Friedhof wandern. Überall sind Grabsteine. An der Mauer stehen sie wie aufgestellte Särge und ragen aus der Erde hervor wie Zähne. Manche sind neu (na ja, relativ neu) und manche nur noch schartige Steinbrocken oder Platten, die vom Gras halb überwachsen sind.

Neben dem Relief eines Engels sehe ich einen Totenschädel und gekreuzte Knochen. Über einem

Satz Anker ragt ein steinerner Sensenmann auf. Ich sehe eine Henkerschlinge, einen Cherubim, einen steinernen Strauß Rosen. Hier und da liegen kleine Geschenke auf den Grabsteinen oder im Unkraut darum herum, Glöckchen, Schnick-Schnack und zusammengefaltetes Papier.

Geh nicht zu weit weg, hat Mum gesagt, und eigentlich will ich das auch nicht, doch mit jedem Schritt wird der Schleier schwerer, umgibt mich wie triefnasser Stoff, wie eisige Luft …

Meine Lungen schmerzen, vor meinen Augen wird es grau, und bevor ich wirklich begreife, was passiert, ist es schon geschehen.

Ich werde durch den Schleier gezogen.

Kapitel 9

Ich höre das Scharren des Fahrradlenkers gegen Asphalt, fühle das kalte Wasser in meiner Lunge – und dann bin ich auf der anderen Seite. Die Touristen sind fort und der Friedhof liegt grimmig und leer vor mir.

Das ist noch nie passiert.

Ich bin zwar schon an Orten gewesen, wo der Schleier sehr stark war, aber nie stark genug, um mich zu packen oder mich gar auf die andere Seite zu ziehen.

Ich sehe an mir hinunter und bemerke die Spirale bläulichen Lichtes, die durch meine Brust leuchtet. Um meine Knie spielt ein kleiner Nebelstreif. Ohne Jacob hier zu sein, kommt mir falsch vor, und ich drehe mich um, um nach dem Rückweg zu suchen, doch meine Füße sind wie festgenagelt.

Ein Rascheln im Gras lässt meinen Puls ansteigen, doch es ist nur ein Terrier, der zwischen den Gräbern herumläuft – Greyfriars Bobby, der Hund, der über das Grab seines Herrchens gewacht hat.

Oben am Hügel bemerke ich noch eine Bewegung. Dort geht ein Mann vor einer Krypta auf und ab, raucht Pfeife und spricht mit sich selbst. Um ihn herum wabern Schatten und färben die Luft schwarz.

Der Poltergeist, stelle ich fest und denke an Mums Begeisterung. Doch er bleibt zum Glück bei seiner Krypta und beachtet mich nicht. Langsam beginne ich zu glauben, dass es hier doch nicht so übel ist, als plötzlich jemand schreit.

Ich drehe mich um, und der Schleier wabert, als im Nebel noch weitere Gestalten Form annehmen. Ein Mann wird zu einem Podest geschleift, auf dem schon eine Henkerschlinge wartet. Ich wende mich ab, sehe mich aber gleich einer Prozession von Menschen gegenüber, die auf das Tor zugehen.

Ich sollte nicht hier sein, ich muss hier weg, ich muss mich vom Schleier lösen – und das will ich auch gerade tun, als ich die Frau bemerke, die mich beobachtet.

Das Erste, was mir an ihr auffällt, ist die Farbe ihres Mantels – so knallrot, dass er wie ein Riss im grauen Stoff des Schleiers wirkt. Sie bewegt sich über den Friedhof und schwarze Haarsträhnen winden sich wie Finger aus ihrer Kapuze. Das, was man von ihrer Haut sehen kann, ist milchweiß, ihre Lippen sind blutrot.

Ich würde gerne ein Foto von ihr machen, aber meine Hände hängen nutzlos herab.

Irgendwo hinter dem Schleier beginnt eine Glocke zu läuten.

Irgendwo hinter dem Schleier ruft jemand meinen Namen, doch die Stimme ist weit weg und verblasst. Ich kann den Blick nicht von der Frau in Rot wenden.

Sie sieht mich direkt an. Nicht an mir vorbei, wie andere Geister es tun, sondern direkt in mein Gesicht. Es ist, als streiche mir ein kalter Finger über den Rücken. Ihre dunklen Augen mustern mich und heften sich an die leuchtende Spirale in meiner Brust.

Der Ausdruck in ihren Augen ist *hungrig*.

»Cassidy …«, erklingt die Stimme wieder, doch sie verstummt, als die Frau in Rot zu summen beginnt.

Ihre Stimme hallt über den Friedhof, tief und sanft und süß. Es ist, als hätte jemand hinter meinen Rippen eine Saite angeschlagen. Die Melodie geht mir durch Knochen, Muskeln und Kopf.

Mir wird schwindelig, als ob ich zu lange unter Wasser wäre, als ob ich auftauchen und Luft holen sollte. Die Frau hebt die Arme, und dann gehe ich ihr auf einmal entgegen, zwischen den Grabsteinen hindurch bewege ich mich auf ihre ausgestreckten Finger zu und …

»Cassidy!« Jacob verstellt mir den Weg. Er packt mich am Arm und zieht mich durch den Schleier hindurch zurück. Einen Augenblick lang falle ich durch eiskalte Luft, dann lande ich mit dem Hintern im Gras.

»Was soll denn das?«, frage ich.

»Ich habe dich gerufen, aber du hast nicht geantwortet«, erklärt er kopfschüttelnd. »Du solltest wirklich nicht ohne mich durch den Schleier gehen.«

»Das wollte ich auch nicht«, gebe ich zu. »Er hat mich irgendwie hineingesogen.«

Verwundert und besorgt zugleich sieht er mich an. Ich sehe an ihm vorbei, doch die Frau im roten Mantel ist natürlich verschwunden, genauso wie alles andere hinter dem Schleier. Auf dem Friedhof um uns herum tummeln sich die Touristen und die Kirchenglocken läuten zur vollen Stunde.

Ich stehe auf und klopfe mir das Gras von der Jeans.

»Und wo warst du?«

Jacob zieht den Kopf ein. »Sorry. Ich schätze, ich … habe mich ein wenig verirrt.«

Ich muss an den Spiegel denken und an sein ausdrucksloses Gesicht, als er aus dem Schlafzimmer gegangen ist. Jacob schaudert, als wolle er sich nicht daran erinnern, daher versuche ich, es zu vergessen.

»Hast du sie gesehen?«, frage ich.

»Wen?«

Mein Blick gleitet zu der Stelle, an der sie eben noch stand. »Eine Frau in einem roten Mantel …«

»Da bist du ja!«, ruft Mum und kommt auf mich

zu. »Ich habe dich schon überall gesucht.« Sie sieht zum Himmel hinauf. »Ich glaube, du hast recht mit dem Regen. Wollen wir gehen?«

»Und wie«, antworte ich, als die ersten Tropfen fallen.

Als wir wieder im Lane's End ankommen, ist Jacob als Einziger noch trocken. Wir hatten zwar einen Schirm dabei, doch der hängt völlig zerfleddert in Mums Hand. Die dünnen Metallstege sind beim ersten starken Windstoß verbogen und gebrochen. Mum scheint das wenig zu kümmern, aber mir läuft das Wasser in die Augen und schwappt in meinen Schuhen, als wir die Stufen zur Haustür hinaufgehen. Die Kamera habe ich fest in meine Regenjacke gewickelt.

Mum bleibt unten, um sich mit Mrs Weathershire zu unterhalten, aber Jacob und ich gehen die breite Holztreppe hinauf. Ich sehne mich nach einer heißen Dusche und trockener Kleidung. Plötzlich und unglaublich verlockend steht mir das Bild unseres Strandhauses vor Augen.

»Wie war sie denn?«, fragt Jacob. »Diese Frau in Rot.«

Ich schüttle den Kopf und versuche, mich daran zu erinnern. Doch meine Erinnerung passt nicht zu dem, was ich gesehen und gefühlt habe.

»Ich weiß nicht«, sage ich langsam. »Aber sie war nicht wie die anderen Geister. Sie war zu klar, zu real, sie passte nicht dazu, und als sie mich angesehen hat … Sie hat mich gesehen, wirklich gesehen.«

»Mit wem redest du?«

Die Frage scheint aus dem Nichts zu kommen. Erst als ich die letzten Stufen hinaufgehe, bemerke ich das Mädchen, das ich vorher schon auf der Treppe gesehen habe. Steif sitzt sie auf dem breiten Fensterbrett im zweiten Stock, ein Buch offen im Schoß und den dunklen Zopf über eine Schulter gelegt.

»Nun?«, fragt sie. Ihr Akzent ist lupenrein und so geschliffen, dass ich nicht erkennen kann, ob sie tatsächlich ein oder zwei Jahre älter ist als ich oder einfach nur echt britisch. »Mit wem hast du gerade geredet?«

»Mit mir selbst«, antworte ich und versuche, Jacob nicht anzusehen. »Sprichst du nie mit dir selbst?«

Sie schürzt die Lippen. »Für gewöhnlich nicht«, erwidert sie und richtet den Blick wieder auf ihr Buch.

Ich habe wie schon vorhin dieses Déjà-vu-Gefühl, wie das *Tipp-tipp-tipp* des Schleiers, nur dass es hier ein Sog ist, der mich näher zieht.

»Bleibst du noch länger hier?«, frage ich das Mädchen.

»Wer weiß«, antwortet sie, ohne aufzusehen.

Na gut, sie ist wohl nicht sehr gesprächig.

»Komm, Cass«, flüstert Jacob.

Es ist verrückt, aber ich könnte schwören, das Mädchen sieht zu ihm. Nur einen Moment. So schnell, dass ich es fast nicht bemerke. So schnell, dass ich nicht sicher sein kann. Aber Jacob verstummt und stellt sich hinter mich.

Das Mädchen klappt das Buch zu und mustert mich flüchtig. »Was führt dich nach Schottland?«

»Geister.«

Sie runzelt die Stirn. »Was soll das heißen?«

»Meine Eltern«, erkläre ich. »Sie filmen eine Show über berühmte Geister in der ganzen Welt. Hier ist die erste Station.«

Die Anspannung in ihrem Gesicht lässt nach. »Ach so.«

»Ja«, fahre ich fort. »Offenbar ist Schottland tatsächlich voller Geister.«

»Offensichtlich.« Sie steht auf. In diesem Moment bemerke ich ihre Kette.

Es ist ein Anhänger an einer langen Silberkette. Als sie sich aufrichtet, dreht er sich, und ich erkenne, dass es gar kein Anhänger ist, sondern ein kleiner runder Spiegel. Er stupst irgendetwas in meinem Hinterkopf an, doch ich weiß nicht was. Das Mädchen steckt ihn wieder in ihren Ausschnitt.

»Ich bin Cassidy Blake«, sage ich und strecke die Hand aus.

Sie sieht mich einen Moment an, bevor sie sie nimmt. »Lara Jayne Chowdhury.«

Dann geht sie an mir vorbei die Treppe hinunter. Es ist verrückt, aber ich kann *spüren*, wie sie weggeht, als würde ein Seil zwischen uns abgerollt. Vielleicht kann sie es auch fühlen, denn sie sieht sich noch mal um und betrachtet mich einen Augenblick nachdenklich. »Glaubst du an Geister, Cassidy?«

Ich weiß nicht, was ich darauf antworten soll.

Ich meine, eigentlich sollte man wohl Nein sagen. Aber das fällt mir schwer, wenn Jacob mit verschränkten Armen neben mir steht. Letztendlich scheint mein Schweigen für mich zu sprechen, denn Laras Mund verzieht sich zu so etwas wie einem Lächeln.

»Das werte ich mal als ein Ja«, sagt sie und verschwindet nach unten, bevor ich sie fragen kann, was *sie* denn glaubt.

Jacob spricht erst wieder, als sie außer Sichtweite ist.

»Ich habe ein komisches Gefühl bei diesem Mädchen«, sagt er.

»Ja«, stimme ich zu. »Da sind wir schon zwei.«

Kapitel 10

Am Abend sitzen Mum, Dad und ich am Boden um den niedrigen Sofatisch herum und essen Fish & Chips aus einem Laden in der Nähe. Ich stehe »Fisch und Chips« etwas skeptisch gegenüber, doch da wir auf dem Weg vom Flughafen zum Lane's End an mindestens sechs verschieden Läden vorbeigekommen sind, die das Gericht anbieten, muss wohl etwas daran sein.

Ich mache die Schachtel auf und sehe mir den Inhalt an. Auf einem Meer überdimensionierter Pommes frites liegt ein großes Stück frittierter Fisch.

Verwirrt sehe ich auf. »Das sind doch keine Chips.«

»Doch«, bestätigt Mum mit schelmischem Lächeln.

»Äh, nein«, beharre ich. »Das sind Pommes. Chips isst man aus der Tüte.«

»Diese Art von Chips nennt man hier *Crisps*. Und Pommes heißen hier Chips«

Jetzt ist es amtlich. Nichts ist sicher. Ich sehe mich

um und suche unter den Servietten. »Und was ist mit Ketchup?«

Woraufhin mich Mum informiert, dass es keinen Ketchup gibt, weil das Ganze mit Salz und Essig gewürzt ist. Der Geruch, der den Raum erfüllt, ist eine komische Mischung aus frittiertem Essen (lecker) und Essig (etwas, was meiner Meinung nach nicht auf leckeres Essen gehört).

Ich will schon protestieren, als Mum mir ein Stück Chip/Pommes hinhält.

»Komm schon, Cass«, verlangt sie. »Versuch es doch mal. Wenn es dir nicht schmeckt, bestellen wir Pizza.«

Bei meinem Glück ist *Pizza* das englische Wort für *Oktopus*. Ich rümpfe die Nase.

»Angsthase«, neckt mich Jacob von seinem Platz auf dem Sofa aus. Fair ist das nicht, denn schließlich muss er es ja nicht probieren.

Ich nehme die dicke Pommes von Mum und beiße vorsichtig ab.

Mein Mund füllt sich mit heißer Kartoffel und Salz, der Hauch von Essig hebt sich seltsam, aber frisch vom Fett der Fritte ab. Es ist anders als alles, was ich je gegessen habe.

Und es ist absolut köstlich.

Ich probiere den Fisch, der genauso gut ist. »Wow!«

Mum strahlt. »Siehst du?«

»Das ist echt gut«, sage ich, doch weil es so heiß

ist und mein Mund so voll, klingt es eher wie *dasechud.*

»Bevor wir abreisen, lassen wir dich auch noch *Haggis* probieren.«

Ich habe keine Ahnung, was das nun wieder ist, aber bei der Erwähnung zuckt sogar Dad zusammen, daher frage ich lieber nicht nach und lege es unter »Manche Dinge bleiben besser ein Geheimnis« ab.

Wie sich herausstellt, sind die Chips hervorragend, solange sie heiß sind. Sobald sie abkühlen, werden sie zu einer salzigen, matschigen Masse. Das passiert gerade mit Dads Portion.

Er hat noch nichts gegessen, weil er viel zu sehr damit beschäftigt ist, Mr Weathershires Aufzeichnungen durchzusehen. In den Notizbüchern findet sich eine bunte Sammlung von Berichten von Nachbarn, Freunden und Trinkgenossen aus dem Pub.

»Faszinierend«, murmelt Dad, »wie sie alles miteinander verbinden: Geschichte und Mythologie. Man kann die heidnischen Ursprünge erkennen und …«

»John«, mahnt Mum geduldig. »Dein Essen!«

Dad macht ein undefinierbares Geräusch, nimmt eine kalte Pommes vom Stapel und steckt sie in den Mund. Bei uns zu Hause ist das ein ganz normaler Anblick: Dad, der vor seinem Laptop hockt und tippt, während sein Essen vergessen neben ihm steht. Mum und ich sind daran gewöhnt.

Jacob runzelt die Stirn und konzentriert sich voll auf einen matschigen Chip, der halb aus Dads Schachtel heraushängt. Wäre er lebendig, würde er jetzt wahrscheinlich vor lauter Konzentration Nasenbluten bekommen. Stattdessen vibriert sein ganzer Körper vor Anstrengung, als er die Hand ausstreckt und einen Finger auf den Chip legt. Einen Augenblick später kippt der tatsächlich und fällt runter.

Jacob wirft beide Arme in Siegerpose in die Luft.

»Verneigt euch vor meinen telekinetischen Fähigkeiten!«, verlangt er, obwohl ich mir sicher bin, dass der Chip sowieso schon den Kampf gegen die Schwerkraft verloren hatte.

Dad blättert eine Seite in einem der zerlesenen Tagebücher um und macht leise »Hmmm.«

»Was Interessantes?«, frage ich.

»Teilweise«, antwortet er. »Manches ist nur Geschwätz, während anderes relativ nüchtern ist, aber sie reden alle über diese Mythen und Legenden, als wären sie Tatsachen.«

Mum lächelt triumphierend. »Geschichten haben Macht«, sagt sie. »Solange man an sie glaubt.«

Dad nickt abwesend.

»Hier zum Beispiel«, sagt er und tippt auf die Seite. »Geschichten über Burke und Hare.«

Die Namen kommen mir bekannt vor. Dann fällt es mir wieder ein – auf der Royal Mile habe ich einen der Straßenkünstler von ihnen reden hören.

»Wer ist das?«, frage ich gespannt.

»Nun, im frühen 19. Jahrhundert brauchten die Medizinstudenten Leichen, an denen sie üben konnten«, erklärt Dad. »Davon gab es immer zu wenig, daher gruben Leichenräuber die frischen Gräber aus und belieferten so die Medizinsäle. Aber William Burke und William Hare gingen noch einen Schritt weiter, indem sie beschlossen, keine Leichen auszugraben, sondern selbst welche ›herzustellen‹.«

Jacob schaudert leicht.

Ich halte den Atem an.

»Sie haben 16 Leute umgebracht, bevor sie selbst geschnappt und verurteilt wurden. Hare hat gegen Burke ausgesagt und wurde irgendwann freigelassen, aber Burke hat man gehängt und schließlich im Hörsaal seziert, so wie seine früheren Opfer.«

Jacob und ich sehen uns entgeistert an.

Dad blättert um. »Diesem Erzähler nach liegen William Burkes Gebeine immer noch in der medizinischen Fakultät der Universität. Sein Geist spukt in den Gängen und verbreitet den Geruch nach Tod und Graberde.«

Einen Moment lang sagt keiner von uns etwas.

Draußen nimmt der Wind zu und durch den alten Fensterrahmen erklingt ein schauriges Pfeifen.

Dad blättert mit dem Daumen durch die Seiten des Tagebuches.

»Hier sind Dutzende dieser Geschichten, manche

beruhen auf historischen Begebenheiten wie die von Burke und Hare, andere sind eher moderne Märchen. Pestopfer, die in der Wand vermauert wurden. Kopflose Musiker. Der Geist in der Taverne. Der Mackenzie-Poltergeist. Der Rote Rabe – na ja eigentlich die Rabendame in Rot.«

Ich fahre hoch, denn ich muss an die Frau hinter dem Schleier denken, und an ihren roten Mantel. Die Brust schnürt sich mir zusammen.

»Worum geht es da?«, frage ich.

»Bei welcher?«

»Der Rote Rabe.«

Dad blättert ein paar Seiten zurück. »Hmm. Das ist ein weiblicher Geist, Raven heißt sie, das bedeutet ›Rabe‹ auf Englisch. Sie taucht in ein paar unterschiedlichen Geschichten über vermisste Kinder auf. Ich schätze, es ist eine Variante der ›Trauernden Mutter‹, der Sage um eine Frau in Witwentracht, die anderen die Kinder stiehlt. Aber es gibt keine Entstehungsgeschichte, in keiner der Aufzeichnungen von Weathershire. Die Pestkammern dagegen, das ist wirklich faszinierend …«

Doch ich hänge immer noch an den *vermissten Kindern* fest.

Ich spüre, wie Jacob mich ansieht, während ich mich an den Schleier erinnere, an die schwarzen Haare und Augen der Frau, und an ihren hypnotischen Gesang. Es ist merkwürdig, aber als ich sie gesehen habe, hatte ich keine Angst. Ganz im Gegenteil, sie war wie ein Sonnenfleck an einem grauen Tag. In dem Moment, als sie zu singen begann, *wollte* ich ihr folgen. Ich konnte an nichts anderes denken.

Aber jetzt, so lange danach, setzt die Furcht ein.

Mum klatscht in die Hände und steht auf. »Das sind jetzt aber genug Geistergeschichten für einen Abend.«

Wir räumen die Reste unseres Essens weg und machen uns fertig fürs Bett. Dad löscht das Licht im Wohnzimmer, und Jacob verschwindet, wie er es nachts immer tut.

Geister müssen nachts wohl nicht schlafen, und nachdem ich ihn einmal auf meinem Bettrand sitzend erwischt habe, während er mich beim Schlafen beobachtet hat, habe ich ihm gesagt, dass das nicht in Ordnung sei. Ich weiß zwar nicht, wo er hingeht – ob er sich ausschaltet wie ein Licht oder in den Straßen herumläuft –, ich weiß nur, dass er nachts nicht da ist.

Ich muss unaufhörlich gähnen, und als ich ins Bett steige, fühle ich, wie ich sofort an diesen unbestimmbaren Ort zwischen Wachsein und Schlafen sinke. Durch das halb offene Fenster dringt ein kühler Luftzug herein, und leise, entfernte Geräusche. Irgendwo in der Nähe schreit ein Baby. Eine alte Frau lacht. Ein Pärchen streitet sich.

So klingt es zumindest zuerst, doch bald stelle ich

fest, dass es nur die Möwen sind, die sich im Dunkeln miteinander unterhalten. Sie krächzen und schreien und schnattern, doch je länger ich zuhöre, desto mehr glaube ich, die Stimme einer Frau hören zu können, deren an- und abschwellendes Lied mich in tiefen Schlaf sinken lässt.

Kapitel 11

Früh am nächsten Morgen taucht das Filmteam auf, zwei Männer und eine Frau, alle in schwarzen Rollkragenpullovern. Sie kommen mit allerhand Geräten und erfüllen unsere Wohnung im Lane's End mit Lärm. Sie beginnen über Zeitpläne zu reden, machen Aufnahmen, um die Stimmung einzufangen, und verwandeln das gemütliche Wohnzimmer so in einen Wirbelsturm aus technischen Begriffen.

Jacob lässt sich von der allgemeinen Energie anstecken und beginnt, sein Lieblingsspiel zu spielen. Im Grunde besteht es darin, dass er einzelnen Mitgliedern des Teams folgt, mit den Händen vor ihrem Gesicht herumwedelt und so tut, als würde er dazugehören.

Ich sitze auf dem Sofa, poliere Regentropfen von der Kameralinse und versuche, nicht im Weg zu sein. Grim liegt unter dem Fenster, und als er gähnt, mache ich ein Foto von ihm, das ihn zu einem kleinen schwarzen Löwen macht.

»Das ist eine tolle Kamera«, meint die Frau aus dem Filmteam. »Klassisch.« Um ihren Hals hängt eine große Hightech-Kamera mit jeder Menge Einstellmöglichkeiten. Plötzlich bemerkt sie Grim. »Oh wie schön! Ist das die Katze von den Buchcovern?« Sie bückt sich, um ein Foto zu machen.

Jacob springt neben die Katze und posiert. Ich muss lachen, als er mir zuzwinkert. Wir wissen beide, dass er auf den Bildern dieser schicken Digitalkamera nicht zu sehen sein wird. Ich kann das Bild auf dem kleinen Monitor sehen – aber es ist lustig zu wissen, dass mehr auf dem Bild ist, als die Filmfrau erkennen kann.

Ich betrachte meine eigene Kamera, bei der ich erst sehen kann, was ich fotografiert habe, wenn der Film entwickelt ist. Bis dahin bleibt es ein Geheimnis, das enthüllt werden will.

Als Mum und Dad hereinkommen, sehen sie aus, als seien sie eben ihrem Buchcover entsprungen: Dad in seiner Tweedjacke und Mum mit ihrem wirren Knoten voller Bleistifte. Ich spiele keine Rolle in dieser Show. Offensichtlich hält der Sender mich für ein »lustiges Element der Familie«, doch meine Eltern wollen mich schützen, und das ist mir ganz recht. Ich habe es noch nie gemocht, zu schauspielern, und bin schon immer lieber hinter der Kamera geblieben. Also sitze ich in einem riesigen Sweatshirt und Leggings auf dem Sofa und sehe zu, wie Dad ein winziges Mikrofon ans Jackett gesteckt wird. Die Frau tut dasselbe bei Mum, während die noch ihre Unterlagen ordnet.

Sie zieht ein Blatt mit den drei Sets für die heutigen Aufnahmen hervor:

1) Katakomben an der South Bridge

2) Mary King's Close

3) White Hart Inn

»Hier, Cassidy«, sagt Dad und reicht mir ein Handy. Ich sehe auf. »Das ist deins«, erklärt er. »Aber mobile Daten sind nicht billig. Das Telefon ist für Anrufe, SMS und Notfälle da. *Nicht* für Candy Crush.« Ich verdrehe die Augen.

Ein heller Klingelton schrillt, aber er kommt nicht von meinem neuen Handy. Einer der Filmleute verkündet, dass Findley unten wartet.

Es stellt sich heraus, dass Findley unser offizieller Stadtführer ist.

Mum, Dad und ich gehen hinunter (zusammen mit der Filmcrew und natürlich Jacob). Findley wartet schon im Wohnzimmer auf uns. Er ist ein großer, untersetzter Mann mit gestutztem Bart und einer kahlen Stelle oben auf seinem Kopf, wodurch es aussieht, als trüge er eine Krone. Er erinnert mich ein wenig an einen rothaarigen Hagrid.

Mrs Weathershire gießt ihm Tee in eine Tasse, die in seiner großen Pranke fast verschwindet, sodass es aussieht, als gieße sie ihm das heiße Wasser direkt in die Hand.

Bei unserem Anblick breitet sich ein freundliches Lächeln auf seinem Gesicht aus.

»Findley Stewart«, stellt er sich mit blitzenden Augen vor. »Ich habe gehört, Sie wollen sich gruseln? Nun, da sind Sie hier genau richtig.« Seine laute Stimme klingt genau wie die der Geschichtenerzähler, die Mum und ich auf der Royal Mile gesehen haben.

Findley stürzt seinen Tee in einem Zug hinunter und stellt die Tasse weg. »Gehen wir?«

Und damit machen wir uns auf den Weg, Findley vorneweg.

»Wir sollten das gute Wetter ausnutzen«, meint er. »Hier muss man die Sonne genießen, wann immer man kann – wer weiß, wie lange es so bleibt.«

Findley und Mum scheinen dieselbe Definition von »gutem Wetter« zu haben. Der Boden ist feucht, und durch die grauen Wolken blitzt ab und zu blauer Himmel, der jedoch gleich wieder vom Grau verschluckt wird.

Dad sieht nach oben und wie aufs Stichwort fällt ihm ein Regentropfen auf die Brille. Findley schlägt ihm auf den Rücken und geht lachend weiter.

Während wir durch die Altstadt laufen, erzählt Findley von Pest und Morden, Grabräubern und eingemauerten Leichen, als würde er über Tee, Kuchen und Mittagsschläfchen plaudern.

Dad hat seinen Block dabei und macht sich Notizen, wobei er ständig aufpassen muss, nicht über die Pflastersteine zu stolpern. Mum lauscht andächtig Findleys Geschichten, sie wird von ihm angezogen wie eine Sonnenblume vom Licht. Ich weiß aus Erfahrung, dass Dad für die historischen Fakten verantwortlich ist, während es Mums Aufgabe ist, die Geschichte lebendig auszuschmücken. Damit der Zuschauer sie wirklich glaubt. Darin ist sie gut. Sie hat mir schon Geschichten in so lebhaften Farben geschildert, dass ich davon geträumt habe. Oder so schaurige, dass ich nicht schlafen konnte.

Wir finden heraus, dass Findley ein Freund des verstorbenen Mr Weathershire war. Er hat mit ihm zusammen die Pubs der Stadt besucht und ihm geholfen, die Berichte zusammenzutragen, die in den Tagebüchern des alten Mannes stehen. Findley scheint eine ganze Menge über die Mythen und Legenden von Edinburgh zu wissen.

Was mich auf eine Idee bringt.

»He, Findley«, sage ich, »kennen Sie die Geschichte vom Roten Raben?«

Nachdenklich reibt er sich den Kopf und nickt: »Oh, aye, ist aber schon eine Weile her, dass ich sie gehört habe.«

Mein Herz schlägt schneller.

»Das ist eine von den Geschichten, die man Kindern erzählt, damit sie nachts im Bett bleiben«, fährt er fort. »Lass mich mal nachdenken … Es gibt verschiedene Versionen – manche besagen, sie hätte ein Kind verloren, andere, dass sie nie eines haben konnte. Einige behaupten, dass sie eine Witwe war, anderen zufolge war sie eine Hexe. Aber das hier ist die Version, die ich kenne:

Es war einmal eine Frau, eine schöne Frau mit heller Haut und schwarzen Haaren, und ein kleiner Junge, der gerne spazieren ging. Und es gab einmal einen eisigen Winter mit einem Schneesturm, der die ganze Stadt weiß färbte. Der Junge ging hinaus zum Spielen und kehrte nicht mehr zurück. Die Frau zog sich ihren roten Mantel an, damit der Junge sie leicht sehen konnte, und lief durch die Straßen, rief nach ihm, sang für ihn und weinte um ihn, doch er kam nie zurück. Sie suchte die ganze Nacht und den ganzen Tag und erfror dabei selbst. Zumindest hätte sie eigentlich erfrieren müssen, doch stattdessen zerbrach etwas in ihr. Sie begann nach anderen Kindern Ausschau zu halten, rief nach ihnen, sang für sie und weinte, bis die Kinder von ihrer Stimme und ihrem roten Mantel angezogen zu ihr kamen.«

Ich sehe Jacob an, der besorgt dreinblickt.

»Den ganzen Winter lang hat sie Kinder gestohlen«, fährt Findley fort, »sie hat sie aus warmen Betten, den Armen ihrer Eltern und von sicheren Orten fortgelockt. Ihre Leichen wurden später vor der Tür der Frau gefunden, wo sie erfroren waren.«

Ich schaudere bei dem Gedanken und denke an die Kälte, die meine Lungen erfüllt hat, mir über die Haut gekrochen ist und mich wie Eis umgeben hat.

»Aber warum nennt man sie den Roten Raben? Was hat sie denn mit einem Raben gemeinsam?«

Es ist Jacob, der die Frage stellt, doch ich wiederhole sie für Findley.

»Ah«, antwortet Findley, »vielleicht wegen des Vogels auf ihrem Grabstein oder wegen der schwarzen Haare oder weil es in einigen Geschichten heißt, dass ihre Finger zu Krallen werden, wenn sie dich fängt, ihre schwarzen Haare zu Flügeln und ihre Stimme zu einem heiseren Krächzen, und dann fliegt sie mit dir davon. Sie sucht die Stadt jeden Winter heim, stiehlt Kinder und nährt sich von ihrer Wärme.«

»Wie der Rattenfänger von Hameln?«, fragt Mutter.

»Ja und nein«, erwidert Findley. »Der Rattenfänger ist ein Märchen. Unsere Raven ist ein Geist. Sie wurde für ihre Verbrechen gehängt und ist auf unserem Greyfriars-Friedhof begraben. Junge Mütter legen ihr Geschenke und Glöckchen aufs Grab«, fügt er hinzu. »Wie bei einem Schutzheiligen, nur dass man in diesem Fall dafür betet, dass sie wegbleibt. Aber um diese Jahreszeit musst du dir keine Sorgen wegen ihr machen.« Er lächelt mich warm an. »Sie kommt erst mit der Kälte.«

Warum, frage ich mich, habe ich sie dann auf dem Friedhof gesehen? Warum hatte ich das Gefühl, dass sie mich *wollte*?

Dad schiebt die Brille hoch. »Glauben Sie an Geister, Mr Stewart?«

Findley streicht sich über den Bart. »Ich sage Ihnen, an was ich glaube, Mr Blake. Ich glaube an Geschichte.« Dad beginnt zu strahlen. *Richtige Antwort*, denke ich. »Edinburgh hat eine ganze Menge Geschichte, und die ist nicht immer fröhlich«, fährt Findley fort. »All das, was meine Stadt gesehen hat, das hinterlässt Spuren. Ob das jetzt nur ein Grabstein oder doch ein Geist ist, kann ich nicht sagen, aber es wird Ihnen schwerfallen, hier jemanden zu finden, der nicht die Anwesenheit von Geistern gespürt oder Dinge gesehen hat, die ihn staunen ließen.«

Wir biegen in eine breite Straße ein, die *South Bridge* heißt. Es ist die erste Station unseres Filmtages.

Als wir an Cafés, Buchläden und Dutzenden ganz normaler Orte vorbeikommen, beginne ich mich zu entspannen. Ich spüre den Schleier zwar, aber er tippt mir nicht richtig auf die Schulter. Stattdessen spüre ich nur einen leichten Sog, der um meine Schuhsohlen streicht, als käme er von der Straße selbst.

Die Filmcrew prüft ihre Geräte und beginnt zu filmen, während meine Eltern erzählen.

»Die South Bridge«, beginnt Mum, »sieht vielleicht wie eine normale Straße aus, aber in den Gewölben *darunter* soll es ordentlich spuken.«

Oh nicht doch, denke ich und sehe nach unten.

»Nein, nein, nein«, sagt Jacob.

»Es sind insgesamt 19 Gewölbekammern«, erklärt Dad. »Und früher war die Straße tatsächlich eine Brücke, bevor die Stadt darum herum sich in die Höhe erhoben hat.«

»Manche Leute sagen, South Bridge sei von Anfang an verflucht gewesen«, fährt Mum fort. »Als die Brücke eingeweiht wurde, sollte die Frau eines Richters die Ehre haben, sie als Erste zu überqueren. Doch sie starb zwei Tage vor der Einweihungsfeier ...« Mum bleibt in einem Türbogen stehen. »Hin- und hergerissen zwischen ihrem Aberglauben und ihren Plänen entschied die Stadt, bei der Eröffnung stattdessen ihren Sarg über die Brücke zu tragen.«

»Cut!«, ruft einer aus der Crew. »Das ist super!«

»Unsere Drehgenehmigung hier gilt erst morgen«, sagt ein anderer. »Also können wir dann erst unten in den Gewölben drehen.«

Jacob und ich seufzen erleichtert.

Wir gehen um die Ecke und biegen wieder auf die Royal Mile mit den Straßenkünstlern und den Touristenführern in ihren altmodischen Kleidern ein.

Die Crew filmt »B-Roll«, wie Findley es nennt, von Mum und Dad, wie sie zwischen den ehrwürdigen alten Häusern durch die belebte Straße gehen. Dann führt uns Findley zu einem kleinen Laden. Auf dem Schild über der Tür steht »The Real Mary King's Close«.

»Was ist ein *Close*?«, frage ich.

»Das ist ein Netz aus Gassen und Sträßchen, in denen die Leute früher gewohnt und gearbeitet haben«, erklärt Dad. »Aber als die Stadt sich ausbreitete, hat man das Neue einfach auf das Alte gebaut, und diese kleinen Gassen wurden begraben. Jahrhundertelang hatte man die unterirdischen Straßen vergessen. Aber dann hat man sie schließlich wiedergefunden.«

»Na, wenn das nicht vielversprechend klingt«, meint Jacob trocken, als wir eintreten.

Zu meiner Überraschung finden wir uns zunächst mal in einem Souvenirladen wieder.

Überall stehen Drahtgestelle mit Souvenirs und Broschüren, an den Wänden hängen vergrößerte Fotos, und an einem Tresen kann man Eintrittskarten kaufen. Nichts davon sieht besonders gruselig aus.

»Ah, das Filmteam«, sagt die Frau hinter dem Tresen.

»Wir haben Sie schon erwartet«, fügt ihr männlicher Kollege fröhlich hinzu.

Die Frau kommt hinter dem Tresen hervor und winkt uns zu einer Tür. »Wir können Ihnen eine Stunde Zeit geben«, sagt sie und macht die Tür auf.

Ein kalter Luftzug weht hindurch und ein unangenehmes Gefühl breitet sich in meiner Brust aus.

Mum sieht mich an. »Wenn du nicht willst, brauchst du nicht mit uns zu kommen, Süße.«

»Hast du das gehört?«, fragt Jacob. »Wir können hier oben bleiben, wo es schön und nicht gruselig ist.«

Doch da ist es wieder, dieses *Tipp-tipp-tipp*. Der Drang, mich umzudrehen und den Vorhang beiseitezuschieben.

Ich straffe die Schultern und sage: »Nein, ich komme mit.«

Jacob stöhnt und Findley grinst. »Das ist unser Mädchen!«

Das Team teilt Taschenlampen aus und in ihrem schwachen elektrischen Licht steigen wir ins Dunkle hinab.

Kapitel 12

Je tiefer wir kommen, desto tiefer sinkt auch die Temperatur. Mit jedem Schritt ein bisschen mehr.

Der Eingang ins Mary King's Close ist wie eine Treppe, deren Stufen glatt geschliffen wurden, ein abschüssiger Gang, der nur von ein paar trüben gelben Glühbirnen an den Wänden erhellt wird.

Über unseren Köpfen hängen Wäscheleinen voller Tücher, und obwohl die Luft feucht ist und nach alter Erde und nassem Stein riecht, kann man kaum glauben, dass man sich unter der Erde befindet.

Doch bald wird der Boden wieder eben. Wir erreichen das Ende des abschüssigen Ganges.

»Das war doch gar nicht so schlimm«, finde ich.

Findley lacht. »Oh, Kind, das war nicht das Close.« Er nimmt mich an den Schultern und dreht mich nach rechts. »Das da ist es!«

Oh.

Vor mir breitet sich ein Gewirr aus engen Straßen und überdachten Hauseingängen, steinernen Bögen und dunklen Nischen aus. In der Ferne höre ich Wasser tropfen und sehe Schatten an den Mauern tanzen.

Jacob verschränkt die Arme über dem T-Shirt. »Na, das ist ja toll.«

Die Filmcrew stellt die Kameras auf, prüft die Geräte und richtet die Scheinwerfer aus.

»Das hätte ich fast vergessen«, sagt Findley und gibt Mum ein kleines, rechteckiges Gerät. Es sieht aus wie ein Funkgerät mit einer Reihe von Leuchtanzeigen.

»Ein EMF-Messer!«, ruft Mum begeistert. Ihre Stimme hallt in den Tunneln wider, als sie mir mit dem Gerät zuwinkt. »Elektromagnetische Felder«, erklärt sie. »Damit misst man paranormale Aktivitäten.«

Sie legt einen Schalter um, und das Messgerät gibt ein leises Rauschen von sich, wie ein Radio, das den Sender verloren hat. Mum schwingt es hin und her, als suche sie ein Signal. Mit einem spitzbübischen Grinsen macht Jacob einen Schritt darauf zu, woraufhin das Gerät mit einem leisen Ton zum Leben erwacht.

»Wer sagt es denn!«, ruft Mum. »Es funktioniert!«

Ich würde ihr ja sagen, dass das bloß Jacob ist, aber das Letzte, was ich will, ist, dass die Filmcrew erfährt, dass mein bester Freund ein Geist ist. Aber ich muss zugeben, es ist cool, zu sehen, dass seine Existenz von dem Gerät erkannt wird.

Jacob macht einen Schritt zurück, und das Geräusch verstummt, sodass wir nur noch das tropfende Wasser und unsere eigenen Schritte hören.

Es ist still hier unten, aber nicht so still, wie es sein sollte.

Der Wind pfeift, und ich glaube, jemanden rufen zu hören, kaum hörbar. Als Findley bemerkt, wie angestrengt ich lausche, grinst er.

»Das ist nur die alte Stadt, die ihre Spielchen treibt«, flüstert er.

»Sicher?«, fragt Mum zwinkernd. Dann wendet sie sich der Kamera zu und die Aufnahme beginnt.

»Die Probleme im Mary King's Close begannen mit der Pest«, erzählt Mum.

»Was Leichen angeht, so gibt es in den Geschichtsbüchern hauptsächlich zwei Quellen dafür: Krankheit und Krieg«, informiert Dad.

»Und von beidem hatte Schottland mehr als genug«, fügt Mum hinzu.

Wie ein Staffelholz geht die Erzählung zwischen den beiden hin und her, und Dad übernimmt wieder: »Als die Pest in Edinburgh einfiel und immer mehr Menschen krank wurden, hatten die Gesunden so viel Angst vor den Kranken, dass sie diese manchmal sogar begruben, noch bevor sie wirklich tot waren.«

Ich schaudere und sehe zu Jacob, der in gespieltem Entsetzen die blauen Augen aufreißt. Vielleicht auch aus echtem Entsetzen. Man weiß nie so genau, wann Jacob wirklich Angst hat und wann er mir zuliebe nur so tut.

So ist das eben bei uns.

Er tut, als hätte er Angst, selbst wenn er keine hat.

Ich tue so, als hätte ich *keine* Angst, selbst wenn ich welche habe.

Ich rücke ein Stück näher zu ihm. Obwohl Jacob nicht aus Fleisch und Blut ist, fühle ich mich in seiner Nähe wohler. Wir stehen nebeneinander, so dicht, wie es geht, ohne dass ich meinen Ellbogen aus Versehen durch ihn hindurchschiebe.

Der Schleier tippt mir auf die Schulter und instinktiv fasse ich meinen Kamerariemen fester.

»Denk nicht mal dran!«, warnt Jacob.

Keine Angst, denke ich zurück.

Der Schleier tanzt am Rand meines Blickfeldes und versucht, mich dazu zu bringen, mich umzudrehen und hinzusehen, doch das tue ich nicht. Der Schleier ist hier dunkler, bösartig, wie die Energie auf dem Greyfriars-Friedhof.

»Wie entsteht ein Geist?«, fragt Mum. Sie spricht leise, so als säße sie auf meinem Bettrand. »Vielleicht liegt es daran, wie jemand gelebt hat. Aber ich glaube, ausschlaggebend ist, wie er gestorben ist.« Sie klopft mit den Fingerknöcheln an die Wand neben ihr. »Es gibt einen Grund dafür, dass wir diese Geister *ruhelos* nennen.«

Das hier ist überhaupt nicht so wie in den kitschigen Geistershows, die es sonst im Fernsehen gibt. So, wie meine Eltern sprechen … es ist, als läse Mum eine Geschichte vor. Als hielte Dad einen Vortrag vor seiner Klasse. Die beiden sind Naturtalente, und ich bin von ihren Stimmen so gefangen, dass ich ein paar Minuten lang sogar vergesse, Angst zu haben. Ich vergesse, dass wir uns in einem unterirdischen Labyrinth befinden und von lauter Knochen umgeben sind.

Dann sehe ich zur Seite und blicke direkt in ein Augenpaar, das mich aus einem blassen Gesicht heraus anstarrt.

Mit einem Aufschrei springe ich zurück und ramme Findley.

»Cut!«, schreit einer der Kameramänner.

»Sorry«, murmle ich schuldbewusst, weil ich die Aufnahme ruiniert habe. »Ich habe …«

Der zweite Kameramann schwenkt den Scheinwerfer ins Dunkle und beleuchtet das glänzende Gesicht einer Wachsfigur.

»Oh, die stehen hier überall herum. Für die *Atmosphäre*«, erklärt Findley.

»Total normal«, meint Jacob trocken. »Überhaupt nicht schräg.«

Mum, Dad und die Filmcrew gehen einen der vielen Gänge entlang. Als ich ihnen folgen will, spüre ich, wie das *Tipp-tipp-tipp* ein wenig schwächer wird. Ich drehe mich um, suche den Gang ab und mache einen

Schritt in die andere Richtung. Der Schleier wird stärker. Wenn das ein Heiß-kalt-Spiel ist, dann wird es in meiner Richtung wärmer, während meine Eltern auf dem Weg in eisige Kälte sind.

Sie sind vielleicht brillant, aber sie haben offensichtlich keine Ahnung, wie man einen *richtigen* Geist findet.

Ich warte, bis die nächste Aufnahme abgeschlossen ist – und das rote Kameralicht erlischt –, und rufe dann: »Hier entlang!«

Hier entlanglanglang, hallt meine Stimme.

Mum und Dad kommen zu mir zurück und die Crew mit ihnen.

»Hast du etwas gefunden?«, erkundigt sich Findley.

»Nur so ein Gefühl«, erwidere ich achselzuckend.

Wir gehen durch eine niedrige Tür. Die Umgebung schrumpft zusammen und die Decke hängt nur noch knapp über Dads Kopf. Ein kleiner Raum. Keine Fenster. Ganz aus Stein.

Er erinnert mich an ein Grab.

Die Kameras beginnen zu laufen und der EMF-Messer schlägt wieder aus.

Doch dieses Mal ist Jacob nicht in der Nähe. Das Geräusch des Geräts wird von dem leisen Ton, den es vorher schon gemacht hat, zu einem hohen Heulen, fast einem Jaulen.

»O.k. … Ich bin dann mal lieber weg«, stellt Jacob fest und macht ein paar Schritte rückwärts.

Lass mich hier ja nicht allein!, zische ich ihm in meinem Kopf zu.

Eigentlich habe ich keine Platzangst, aber jetzt wünsche ich mir, ich wäre oben auf der Straße geblieben. Während Mum und Dad filmen, gehe ich zurück in den Gang und bemerke zu spät, wie sich das *Tipptipp-tipp* schnell von hinten nähert.

Der Schleier greift nach mir.

»Als die unteren Straßen während der Pest übermauert wurden …«, erzählt Dad.

Der Schleier greift nach meinen Schultern.

»… wurden einige Opfer darin begraben …«

Er fasst nach meinen Ärmeln.

»Cass!«, warnt mich Jacob, während ich die Augen zukneife.

Ich werde mich *nicht* umdrehen.

Ich werde *nicht* hinsehen.

Ich werde …

Doch letztendlich spielt mein Widerstand keine Rolle.

Hinter mir öffnet sich der Schleier, und ich keuche auf, als sich meine Lunge mit eiskalter Luft füllt und ich hinuntergezogen werde.

Mary King's Close ist voller Geister.

Sie röcheln, rufen, schlurfen vorbei. Irgendjemand hustet heftig. Auf dem Boden wälzt sich ein Lumpenhaufen. Darin ist – *war* jemand.

Auf dem feuchten Boden liegen Ziegelstapel und zu beiden Seiten erheben sich halb errichtete Mauern in unterschiedlicher Höhe. Irgendwo in der Nähe schlägt jemand dumpf mit der Faust gegen Stein.

Stöhnend fährt sich Jacob mit der Hand durch die blonden Haare.

»Cass!«

»Das wollte ich nicht«, sage ich.

»Ich weiß«, antwortet er und verschränkt schaudernd die Arme vor der Brust. »Lass uns bloß hier verschwinden.«

Ich sehe mich um.

Die Filmcrew und meine Eltern sind hinter dem Schleier verschwunden. Wenn ich mich anstrenge, kann ich sie immer noch hören. Ihre Stimmen klingen geisterhaft hohl. Doch als ich nach dem grauen Stoff greife, treffen meine Finger auf etwas, das zu massiv ist. Es fühlt sich eher an wie eine Wand, nicht wie ein Schleier.

Das ist nicht gut. Ich versuche, die aufsteigende Panik zu unterdrücken, als ein bis auf die Knochen abgemagerter Mann an mir vorbeigeht.

Eine alte Frau schluchzt.

Eine Familie hockt zum Schutz vor der Kälte dicht zusammengedrängt in einer Ecke.

Jacob rückt näher an mich heran. Um uns herum herrschen Furcht, Verlust und Krankheit.

Dann geht eine Bewegung wie eine Welle durch die

Geister – sie alle drehen die Köpfe nach mir um. Sie haben mich bemerkt, einen Eindringling in ihrem Tod, ihren Erinnerungen, ihrer Welt.

Der skelettartige Mann bleibt stehen.

Die alte Frau kneift die milchigen Augen zusammen.

Die Familie starrt mich an.

»Cassidy«, flüstert Jacob. Ich greife nach dem Schleier, in der Hoffnung, den Spalt darin zu finden, um wieder zurückzugehen, doch er leistet Widerstand. Ich versuche es weiter. So etwas ist noch nie passiert.

Die Geister setzen sich in Bewegung.

Sie kommen auf uns zu.

»Jacob«, sage ich langsam und versuche, nicht panisch zu klingen. »Könntest du vielleicht ein bisschen mithelfen?«

»Bleib ganz ruhig«, antwortet er. »Ich bringe uns hier raus.« Er legt mir die Hand auf den Arm, und ich spüre die Knochen in seinen Fingern, als sein Griff fester wird.

Doch es geschieht immer noch nichts.

»Jacob?«

Er ächzt, als wolle er etwas Schweres anheben.

Ich weiß, dass er uns durch den Schleier zurückbringen will, doch es funktioniert auch bei ihm nicht. Wir sind immer noch hier, und die Geister kommen noch immer auf uns zu und mit ihnen eine Welle aus

Gefahr.

Bosheit.

Zorn.

Schrecken.

Krankheit.

Trauer.

In meinen Lungen ist Eiswasser und eine bittere Kälte kriecht in meine Knochen. Ich kann sie nicht auseinanderhalten, kann meine Erinnerungen nicht von den ihren trennen, das, was ich einst gefühlt habe, von dem, was sie jetzt fühlen, immer und immer wieder.

»Jacob!«, stoße ich atemlos hervor.

»Ich versuche es ja!«

Ich weiche zurück, bis ich direkt an der Mauer stehe. Ich greife nach der Kamera um meinen Hals, drücke sie an mich wie einen Talisman, eine Erinnerung an das, was real ist. Mit den Fingern komme ich an einen der Knöpfe …

… und der Blitz wird ausgelöst.

Gleißendes Licht schießt aus meinen Händen, ein plötzlicher blendend weißer Riss in der Dunkelheit des Tunnels.

Die Geister weichen zurück, manche schützen ihre Augen, andere blinzeln geblendet. Es wird nicht lange halten. Aber in dieser gestohlenen Sekunde packt mich Jacob an der Hand und zieht mich durch eine Lücke zwischen den Geistern und wir rennen los.

Kapitel 13

Wir rennen durch das Gewirr der unterirdischen Straßen. Ich spüre die Geister hinter uns, ich höre sie kommen, aber ich blicke nicht zurück. Meine Füße tragen mich wie ferngesteuert über unebene Steine, durch Türen, Räume und Gänge.

Schließlich entdecke ich eine Treppe.

Hoch ist mein einziger Gedanke. *Hoch*. Jede Stufe bringt uns weiter von Mary King's Close und der Geisterhorde mit ihrer grässlichen Welle von Gefühlen fort.

Auf halbem Weg zur Straße wird der Schleier dünn genug, das ich ihn endlich zu fassen kriege – hier ist er wieder aus Stoff – und zur Seite ziehen kann. Wir stürzen hindurch, zurück in eine Welt aus Dämmerlicht und frischer Luft.

Ich keuche auf, als mich das vertraute Gefühl von eisiger Kälte in meiner Lunge überläuft, das Gefühl von Auftauchen aus tiefem Wasser. Das Gewicht von

Jacobs Hand ist fort, aber er ist immer noch neben mir. Die Sonne scheint durch ihn hindurch, als er sich an die Mauer der Gasse lehnt.

Verloren sehe ich mich um.

Nein, nicht ganz verloren. Man kann sich nur schwer verlaufen, wenn man die Geräusche der Royal Mile in der Ferne hören kann. Außerdem ist der Boden unter unseren Füßen leicht abschüssig, das heißt, er führt in einer Richtung hinauf und in die andere hinunter. Ich bin also nicht verloren – aber ich weiß trotzdem nicht, wo ich bin.

Ich habe mich so sehr darauf konzentriert, aus Mary King's Close rauszukommen, dass ich nicht darauf geachtet habe, wohin wir gelaufen sind. Wir müssen einen anderen Aufgang genommen haben, denn Jacob und ich stehen in einer schmalen Straße, die ich noch nie zuvor gesehen habe. Zu drei Teilen besteht sie aus grauen Steinen und zu einem Teil aus grauem Himmel. Kein Betrieb, kein Lärm.

Ich lasse mich gegen die Wand fallen und rutsche daran herunter, bis ich auf dem Boden sitze, was wahrscheinlich nicht sehr hygienisch ist, aber mir ist es egal. Ich habe das Gefühl, überall auf meiner Haut sind Spinnweben, und immer wenn ich blinzle, kann ich die Geister vor mir sehen. Wie sie mich angesehen haben, mit ihrer Gier, ihrem Zorn und ihrer Furcht.

Ich war schon an vielen heimgesuchten Orten, aber noch nie an einem, an dem der Schleier stärker war als ich. Stärker als Jacob. Er steht mit verschränkten Armen über mir, und zum ersten Mal wünsche ich mir, ich könnte seine Gedanken lesen, denn sein Gesicht verrät mir überhaupt nichts.

»Wir hätten einfach nur in der Stadt spazieren gehen sollen«, sage ich schließlich.

Seufzend hockt er sich neben mich. »Da vermisst man geradezu gruslige Geister-Schüler in brennenden Auditorien, was?«

Ich versuche zu lächeln. Einen Augenblick lang bleiben wir sitzen und abgesehen vom Kreischen der Möwen über uns und dem Klang von Dudelsäcken in der Ferne ist es still.

»Alles in Ordnung?«, erkundigt sich Jacob. Ich bin dankbar dafür. Er weiß, dass es nicht so ist, aber er fragt trotzdem, und ich weiß, dass er es akzeptieren wird, wenn ich lüge. Wir tun einfach so, als wären wir normal – er kein Gedanken lesender Geist und ich kein … was auch immer ich bin. Wir tun so, als ob ich nicht immer an Orte gezogen werde, die voller Tod sind. Unausweichlich der Schwerkraft folgend, wie ein Stein an einem Abhang.

Was stimmt nur nicht mit mir?

»Wo soll ich da anfangen?«, neckt er mich.

Ich stoße ihn mit der Schulter an und spüre ein Kribbeln, als mein Arm durch seinen Ärmel fährt.

»Das kitzelt«, beschwert er sich und steht auf. Er streckt mir die Hand hin. Ich wünschte, ich könnte sie nehmen. Stattdessen stoße ich mich an der Wand ab. Als ich halb stehe, sieht Jacob nach rechts und sagt: »Na, so was!«

Ich folge seinem Blick und sehe ein Mädchen die Straße überqueren, das ich sofort erkenne. Die braune Haut, das schwarze, in einem ordentlichen Zopf geflochtene Haar. Das Mädchen aus dem Lane's End.

Lara Jayne Chowdhury.

Beim Laufen hält sie ihre Kette in der Hand und der kreiselnde Spiegelanhänger blitzt im Licht auf.

»Was macht sie denn da?«, wundert sich Jacob, als Lara um eine Ecke geht.

»Keine Ahnung«, antworte ich und richte mich auf. »Aber ich würde es gerne herausfinden.«

Wir folgen ihr um die Ecke und sehen gerade noch, wie Lara einmal nach rechts und links sieht und dann – verschwindet.

Einfach von der Straße weg – ins Nichts.

Das ist unmöglich.

»Es sei denn ...«, beginnt Jacob.

Es sei denn, sie ist wie ich, vollende ich.

Ich weiß noch, dass ich gleich das Gefühl hatte, sie zu kennen. Wie sie mich angesehen hat und Jacob zu hören, ja sogar zu sehen, schien.

Glaubst du an Geister?, hat sie mich gefragt.

Ich gehe zu der Stelle, an der sie verschwunden ist und spüre, wie der Schleier sich bewegt, als wäre er gerade erst zugefallen.

Lara ist nicht ins Nichts verschwunden.

Sie ist hinter den Schleier gegangen.

Ich strecke bereits die Hand danach aus, als Jacob sich vor mich stellt.

»Nein!«, sagt er. »Hast du schon vergessen, was gerade passiert ist? Hast du vergessen, dass wir da drin gerade noch festhingen?«

»Natürlich nicht«, antworte ich, da mir die Geister noch sehr gut in Erinnerung sind. Aber ich habe noch nie jemanden getroffen, der so ist wie ich. Ich muss es sehen. Ich muss es wissen. Also greife ich nach dem Schleier und ziehe ihn auf.

»Du kannst ja hierbleiben«, sage ich zu Jacob. Und einen Moment lang glaube ich, dass er das wirklich tut, obwohl er meine Gedanken ja hören muss.

Du kannst hierbleiben, aber mir wäre lieber, wenn du mitkommst.

»Regel Nummer neun«, knurrt er und folgt mir.

Der Schleier ist hier dünner und der Übergang leicht. Die Kälte in meinen Lungen ist kaum mehr als ein Hauch, ein Schaudern, dann ist es vorbei.

Wir gleiten hinüber. Meine Füße stehen auf altem Straßenpflaster. Das Licht in meiner Brust leuchtet. Neben mir steht Jacob. Er ist greifbar. Genauso wie sein Ärger.

»Und jetzt?« Er deutet die Gasse entlang.

Sie ist leer. Keine Spur von Lara. Keine Geister. Nichts als ein dünner Nebel.

Aber das ist nicht möglich. Ich habe sie doch verschwinden sehen. Ich habe gesehen …

Eine vertraute Stimme mit englischem Akzent erklingt in der Stille: »Sieh und höre …!«

Die Worte hallen in der Gasse wider, und als ich ihnen um die nächste Ecke folge, sehe ich Lara am Fuß einer kurzen Treppe stehen. Sie hat uns den Rücken zugewandt und erscheint grau, so wie ich. In ihrer Brust brennt dasselbe Licht.

Vor ihr kauert ein Geist auf der Treppe, als hätte er versucht zu flüchten. Es ist ein Mann etwa im Alter meines Vaters. Er hat einen kurzen Bart und einen langen Mantel, der ihn umgibt wie ein dunkler Teich.

Lara hat ihren Kettenanhänger in der Hand und lässt den Spiegel wie das Pendel eines Hypnotiseurs vor der Nase des Geists hängen. Nur dass er nicht hin und her schwingt. Er bewegt sich überhaupt nicht. Er ist ganz reglos, ebenso wie der Mann.

Ich spüre, wie Jacob neben mir erstarrt, und auch ich halte den Atem an.

»Schau hin und erkenne …«, fährt Lara fort.

Die Worte klingen fast wie ein Zauberspruch. Vielleicht sind sie es auch, denn der Geist bleibt auf der Treppe liegen wie festgenagelt. Lara steht hoch aufgerichtet vor ihm und breitet die Finger aus, während sie die letzte Zeile spricht:

»Das ist, was du bist.«

Die Macht ihrer Worte lässt die Luft vibrieren und den Schleier erschauern. Der Geist wird vor meinen Augen immer blasser, scheint nur noch aus Glas und Nebel zu bestehen anstatt aus Fleisch und Blut. Ich kann durch ihn hindurchsehen und erkenne das Ding, das in seiner Brust zusammengerollt ist. Ein Faden, eine Spirale.

So wie meine, nur dass sie nicht leuchtet.

Lara streckt die Hand aus, geradewegs in die Brust des Mannes und zieht den Faden heraus. Das Ende bleibt in seiner Brust hängen, doch sie zieht mit einem kräftigen Ruck daran. Der dunkle Faden löst sich und hängt einen Moment schlaff in ihrer Hand, bevor er zu Asche zerfällt.

Einen Augenblick später zerfällt auch der Mann und löst sich auf. Eben noch ein Geist, dann ist er weg. Ein plötzlicher, unnatürlicher Luftzug streicht durch die Gasse und bläst den Staub fort.

Jacob stößt ein leises Keuchen aus und Lara zuckt zusammen.

Ich schiebe Jacob schnell um die Ecke und außer Sichtweite, als Lara sich umdreht und die letzten Staubkrümel von den Händen wischt.

Ich starre sie entsetzt an.

Sie wirft mir einen langen, gemessenen Blick aus ihren braunen Augen zu, ohne zu blinzeln.

»Was ist?«, fragt sie schließlich. »Du tust ja so, als hättest du noch nie eine Geisterjägerin gesehen.«

TEIL DREI

Geisterjäger

Kapitel 14

»Was … ich meine …?« Ich breche ab, weil ich nicht genau weiß, was ich sagen soll.

Eine *Geisterjägerin*? Aus dem Augenwinkel sehe ich, wie Jacob schaudert, und plötzlich bin ich froh, dass sie ihn nicht sehen kann.

»Ich hätte es wissen müssen«, stellt sie sachlich fest.

»Was wissen müssen?«

»Dass du bist wie ich.« Sie hängt sich die Kette wieder um und lässt den Anhänger unter ihre Bluse gleiten. Ich bemerke, dass das Licht in ihrer Brust warm leuchtet, leicht rosa, während meines kalt und blau ist. »Ich habe es schon im Lane's End vermutet. Aber du schienst so ahnungslos. Fast so wie jetzt.«

»He!«, fahre ich auf. »Ich wusste auch gleich, dass mit dir irgendwas nicht stimmt.«

Sie zieht eine perfekte Braue hoch. »Ach ja?«

»Ich wusste nur nicht, was es ist«, erkläre ich. »Ich wusste nicht, dass es noch andere gibt, die …«

»Oh«, meint sie und wirft ihren Zopf zurück. »Du dachtest also, du seist die Einzige, die dem Tod ein Schnippchen geschlagen hat? Die Einzige, die das Zwischendrin betreten kann? Wie originell.«

»Das Zwischendrin?«

Sie deutet auf unsere Umgebung.

»Oh, du meinst den Schleier«, sage ich.

Lara zieht erneut die Braue hoch. »So nennst du das?«

»Immer noch besser als *Zwischendrin*«, gebe ich zurück. Lara will protestieren, als wir von Stimmen, Schritten und der Anwesenheit von neuen Geistern gestört werden. Plural. Lara und ich erstarren.

»Wir sollten nicht hierbleiben«, bemerkt Lara, macht auf dem Absatz kehrt und verschwindet durch den Schleier, ohne sich umzusehen. Ich will ihr schon folgen, als mich Jacob am Arm packt.

»Mir gefällt das nicht«, zischt er. »Ich mag sie nicht. Hast du gesehen, was sie mit dem Kerl gemacht hat? Ich nämlich schon, Cass. Sie hat ihn in ein Häufchen Asche verwandelt!«

Ich weiß. Ich habe es auch gesehen. Aber mir schwirrt der Kopf vor lauter Fragen.

Vielleicht hat Lara die Antworten. Ich mache mich von Jacob los und gehe durch den Schleier. Es wird kurz kalt, dann bin ich wieder in der normalen Welt.

Jacob folgt mir nicht.

Lara zwickt sich in den Nasenrücken und stellt fest: »Edinburgh macht mir Kopfschmerzen.«

»Was hast du …«, beginne ich.

»Ich dachte schon, das Zwischendrin in London sei schlimm, aber irgendetwas ist mit dieser Stadt, findest du nicht auch? Als ob ein bleiernes Tuch …«

»Was hast du mit ihm gemacht?«, will ich wissen.

Sie sieht mich an. »Mit wem?«

»Mit dem Mann auf der Treppe.«

Sie rümpft die Nase und stellt pikiert fest: »Das war kein Mann. Das war ein Geist. Ich habe ihn weitergeschickt.«

»Wohin?«

Sie zuckt mit den Schultern. »Ins große Ungewisse? Die andere Seite. Ruhe und Frieden? Nenn es, wie du willst. Ich habe ihn in die Welt *dahinter* geschickt. Dahin, wo er *hingehört.*«

Wo er hingehört? »Warum?«

Lara sieht mich fragend an. »Wie bitte?«

»Warum hast du das getan?«

»Weil das mein Job ist«, erwidert sie gereizt.

»Jemand bezahlt dich dafür, Geister zu jagen?«

»Natürlich nicht«, antwortet sie. »Aber das ist nun mal das, was wir tun.«

Wir? Wir jagen Geister? Das verstehe ich nicht. Das muss ich laut gesagt haben, denn Lara seufzt und sagt: »Offensichtlich. Geister bleiben nicht im Zwischendrin, weil sie dort sein wollen, Cassidy. Sie sind da, weil sie nicht weiterkönnen. Sie hängen da fest. Es ist unsere Aufgabe, sie zu befreien.«

Unsere.

Sie runzelt die Stirn. »Was hast du denn bisher hinter deinem *Schleier* gemacht, wenn nicht Geister gejagt?« Sie wirft einen Blick auf meine Kamera. »Sag bloß nicht, du warst auf Besichtigungstour!«

»Äh …« Ich mache den Mund auf, schließe ihn aber wieder, weil ich nicht weiß, was ich sagen soll.

Auf ihrem Handy kommt eine SMS an, die sie kurz ansieht und dann verkündet: »Oh, ich muss gehen.«

»Warte«, stoße ich hervor. »Du kannst doch jetzt nicht einfach so gehen.«

»Ich bin schon spät dran«, sagt sie und läuft die Gasse entlang. »Ich soll mich mit Tante Alice am Museum treffen. Mum und Dad bestehen auf eine wöchentliche Dosis *kultureller Erbauung* oder so etwas … Oh«, fügt sie fast beiläufig hinzu. »Du weißt schon, dass du von einem Geist verfolgt wirst, nicht wahr? Einem Jungen«, fährt sie fort und hält die Hand hoch, »etwa so groß, strubbelige blonde Haare, T-Shirt mit Zielscheibe …«

Ich erstarre. Noch nie hat jemand außer mir Jacob sehen können.

»Ja«, antworte ich vorsichtig. »Ich weiß.«

»Und willst du nichts dagegen unternehmen?«, fragt sie stirnrunzelnd.

In meinem Magen liegt plötzlich ein Stein, denn ich weiß, was sie damit meint. Das sagt ja schon ihre Jobbezeichnung: *Geisterjägerin.*

»Er ist mein *Freund.*«

Sie verzieht das Gesicht, als hätte sie in eine Zitrone gebissen, und meint: »Blöde Idee.« Sie sieht aus, als wolle sie noch mehr sagen, doch ihr Telefon klingelt wieder, daher schüttelt sie nur den Kopf und läuft schnell zum Ende der Straße.

»Warte!«, rufe ich ihr nach. »Bitte, ich habe noch nie jemanden getroffen, der … der kann … du hast gesagt …«

Ein Dutzend Fragen wirbeln mir durch den Kopf, und das muss ihr klar sein, denn sie sagt: »Ich bin in 1A.«

»Hä?«

»Meine Wohnung im Lane's End. Komm morgen Vormittag vorbei. Um 10.« Damit tritt sie auf die Straße. »Und komm nicht zu spät!«

Ich lasse mich gegen die Wand sinken, weil mir der Kopf schwirrt.

Das ist nun mal das, was wir tun.

Mein Job … Geister jagen … sie weiterschicken … Kann ich deshalb durch den Schleier gehen?

Eine Frage beschäftigt mich ganz besonders: Weiß Jacob das?

Wusste er es die ganze Zeit?

Wie aufs Stichwort erscheint Jacob wieder neben mir. Er steigt aus den Pflastersteinen empor, die Arme mit finsterem Blick vor der Brust verschränkt. Es ist offensichtlich, dass er nicht glücklich mit den aktuellen Entwicklungen ist.

Ich versuche, all die Fragen aus meinem Kopf zu verbannen, damit er sie nicht hören kann, doch es scheint, als würde er nicht mal hinhören.

»Hast du dich nett unterhalten?«, fragt er kühl.

»Sei nicht so«, erwidere ich. »Ich war doch nur neugierig. Ich wusste nicht, dass auch noch andere Leute durch den Schleier können. Wusstest du das?«

Er scharrt mit dem Schuh über den Boden. »Nein.«

Offensichtlich will er nicht mehr darüber reden, doch ich kann die anderen Fragen nicht so einfach verdrängen. »Wusstest du, was ich wirklich bin, Jacob? Was ich tun könnte?«

Er windet sich, sagt aber nichts.

»Du hast gesagt, es gäbe Regeln hinter dem Schleier.«

»Gibt es.«

»Regeln, von denen du mir nichts erzählen könntest. Stimmt das? Oder wolltest du nur einfach nicht?«

Jacob wird rot und sieht weg, was mir Antwort genug ist.

»Du hast mir nicht vertraut«, stelle ich fest, und als

ich es in Worte fasse, merke ich überrascht, wie sehr das wehtut.

»So ist das nicht, Cass«, meint Jacob kopfschüttelnd.

»Freundschaftsregel Nummer sechs, Jacob: Freunde lassen einander nicht im Ungewissen.«

»Tut mir leid«, sagt er gequält und schüttelt den Kopf. »Ich habe nur … Angst gehabt …«

»Wovor?«, frage ich, doch bevor er antworten kann, klingelt in meiner Tasche das Nur-für-Notfälle-Handy.

O-oh!

»Cassidy?«, fragt mein Dad besorgt, als ich antworte. »Wo bist du?«

»Tut mir leid«, erwidere ich schnell. »Ich musste an die frische Luft und habe mich irgendwie verirrt.«

Dads Anweisungen folgend gehe ich mit Jacob im Schlepptau zurück zum Eingang von Mary King's Close, wo Dad eine Sekunde später wieder auftaucht, die Haare verstrubbelt und die Brille staubig.

»Da bist du ja«, ruft er. »Wir haben dich *überall* gesucht. Ich habe dich mindestens vier Mal angerufen, bevor du abgenommen hast!«

Offenbar hat man hinter dem Schleier keinen Empfang.

Dad dreht sich um und ruft in den Gang: »Ich hab sie!«

Hab sie habsiehabsie, echot es zurück.

»Tut mir leid«, sage ich schuldbewusst. »Ich hab wohl doch ein bisschen Angst gekriegt da unten.«

Dad zieht mich an sich. »Soll ich dir ein Geheimnis verraten?« Als ich nicke, fährt er fort: »Hier gruselt es sogar mich.« Er drückt mich an sich. »Aber sag das nicht deiner Mutter. Ich habe schließlich einen Ruf zu verlieren.«

Einen Augenblick später taucht Mum mit der Kameracrew und Findley auf.

»Das war toll!«, ruft sie begeistert. Typisch Mum, dass sie etwas so Unheimliches toll findet. Sie würde es bestimmt noch toller finden, wenn sie die andere Seite sehen könnte. Dad wirft ihr einen vorwurfsvollen Blick zu, woraufhin sie ernst wird und ihr Lächeln einem sehr elterlichen Stirnrunzeln weicht. »Bis auf den Teil, wo du verschwunden bist, junge Dame. Das war nicht so toll.«

Ich murmle eine halbherzige Entschuldigung.

Findley zwinkert mir zu.

»Haben wir dich jetzt bekehrt?«

»Oh«, meint Mum, »Cassidy braucht man nicht zu bekehren.«

Findley zieht die rostbrauen Brauen hoch und fragt mit neuem Respekt: »Tatsächlich?«

»Ihr bester Freund ist ein Geist.«

Und damit befördert sie mich ganz schnell von »interessant« zu »verrückt«.

»*Mum!*«, sage ich böse.

Sie legt mir den Arm um die Schultern. »Steh zu deiner Andersartigkeit, meine liebe Tochter. Normal sein ist doch langweilig.«

So spricht nur jemand, der keine Geister sehen kann.

Kapitel 15

Der letzte Drehort für heute liegt am Grassmarket, einem früheren Marktplatz.

Natürlich gibt es da kein Gras und von einem Markt ist auch nichts zu sehen. Es ist nur ein breiter Platz, umgeben von Pubs und Läden. Dahinter ragt wie ein gespenstischer Wächter die Burg auf, doch der Platz selber ist freundlich, offen und luftig.

Gar nicht so übel, denke ich, bevor Mum mir erzählt, dass hier früher Hinrichtungen stattgefunden haben. Wieso überrascht mich das eigentlich noch?

Und wirklich, als wir der Crew über den Platz folgen, legt sich der Schleier immer dichter um meine Arme und Beine, bis ich das Gefühl habe, durch Wasser zu waten. Der einzige Grund dafür, dass ich nicht wieder hindurchgezogen werde, ist, dass meine Gedanken sich noch immer um Lara Chowdhury drehen. Um ihren Spiegelanhänger, ihren merkwürdigen Singsang und wie der Geist vor ihren Füßen zerfallen ist.

Das ist nun mal das, was wir tun.

Jacob neben mir ist unruhig. Wir haben nicht mehr weiter darüber geredet, was in der Gasse passiert ist und was er mir noch sagen wollte. Aber jetzt ist nicht der richtige Zeitpunkt dafür. Also bemühen wir uns, so zu tun, als sei nichts gewesen.

Dad deutet auf einen flachen Stein, eine Art Denkmal auf dem Boden.

»Siehst du das, Cassidy? Hier wurden Hunderte von Menschen hingerichtet.« Der Schleier wird zu Blei, als ich die Hand nach dem Stein ausstrecke.

»Ohhhh nein!«, sagt Jacob und scheucht mich weg.

Als wir die letzte Station auf unserer Filmset-Liste erreichen, einen Pub namens White Hart Inn, in dem es angeblich spuken soll, bin ich auf das Schlimmste gefasst. Umso erleichterter bin ich, als ich spüre, wie das *Tipp-tipp-tipp* des Schleiers zu einem fernen Prickeln verblasst.

Glücklicherweise spukt es in diesem Pub überhaupt nicht.

Oder zumindest nicht mehr als überall sonst in dieser Stadt. Das ist auch ganz gut so, denn ich für meinen Teil habe für heute genug von diesem Inspecter-Kram. Mum und Dad gehen mit der Filmcrew nach hinten in den Pub während Findley und ich (und Jacob) uns an einen Nischentisch setzen und etwas zu essen bestellen.

Findley geht kurz zur Bar, doch auch während er weg ist, unterhalten Jacob und ich uns nicht. Ich muss die ganze Zeit darüber nachdenken, was er gesagt – und was er *nicht* gesagt hat. Jacob starrt demonstrativ auf den Tisch und versucht einen Bierdeckel anzuheben.

Schließlich kommt Findley wieder und stellt zwei Krüge Bier auf den Tisch.

»Äh«, sage ich, »ich bin noch nicht alt genug, um Bier zu trinken.«

Sein Lachen ist voll und tief. »Das ist nicht für dich«, erklärt er. Er zieht ein Glas zu sich heran. »Das hier ist meins«, sagt er und schiebt das andere zu dem leeren Platz neben sich. »Und das ist für Reggie.«

Ich sehe mich im Pub um. »Reggie?«

»Reggie Weathershire«, sagt Findley. »Mein alter Kumpel. Das da war sein Lieblingsplatz.«

Ich mache große Augen. Mrs Weathershires verstorbener Mann. Der schon seit acht Jahren tot ist.

»Glauben sie, dass er hier herumspukt?«, frage ich.

Findley zuckt gutmütig mit den Schultern. »Keine Ahnung. Aber wenn, dann soll er nicht durstig bleiben. Die erste Runde ging immer auf mich.«

Von Mr Weathershire ist nichts zu sehen, zumindest nicht auf dieser Seite des Schleiers. Aber Dad hat mir einmal erzählt, dass es die Lebenden sind, die an den Toten festhalten, und dass Geister eben eine Möglichkeit bieten, wie wir die Verstorbenen bei uns behalten können. Ich weiß natürlich, dass da noch mehr ist, aber die Vorstellung, dass Mr Weathershire hier im Pub ist, scheint Findley zu gefallen.

Eine große Schale Pommes – oder besser gesagt Chips – wird auf unseren Tisch gestellt. Ich ertränke sie in Essig und stecke mir eine in den Mund.

Findley lacht leise. »Na, aus dir machen wir noch eine echte Schottin.«

Ich greife nach der nächsten Pommes. »Glauben Sie denn wirklich an Geister?«

»Aye«, antwortet er wie aus der Pistole geschossen. »In gewisser Weise. Ich glaube, wenn jemand stirbt, bleibt etwas zurück, eine Art Erinnerung. Ich lebe schon zu lange in dieser Stadt, um nicht daran zu glauben. Aber ich denke nicht, dass die Toten uns irgendwie schaden wollen.«

Lara wäre da wahrscheinlich anderer Meinung.

»Und selbst wenn ...«, fügt er hinzu. »Ich habe gehört, dass du deinen eigenen Geist als Schutzengel hast.« Ich erstarre, aber es liegt kein Spott in seiner Stimme. Seine Augen glitzern zwar schelmisch, aber er lacht mich nicht aus. »Mit so einem Freund hat man nichts zu befürchten.«

Jacob sieht auf und lächelt angestrengt. »Du weißt, dass ich immer auf deiner Seite bin, Cass, oder?«

»Also, erzähl mir doch mal von deinem Geist«, fordert Findley mich auf. »Wie heißt er?«

Ich stecke mir eine weitere Pommes in den Mund und antworte: »Jacob. Er hat mir das Leben gerettet.«

Findley zieht die Brauen hoch. »Tatsächlich? Na, da hast du aber Glück.«

Ich sehe Jacob an. *Das habe ich wirklich.*

Jacob wird rot und sieht wieder auf die Tischplatte. Gleich darauf kommen Mum und Dad mit dem Filmteam zurück und dann werden beim Essen nur noch technische Details der Show besprochen. Ich baue einen Turm aus übrig gebliebenen Pommes. Jacob versucht, ihn umzustoßen.

Als es langsam spät wird, brechen wir auf und begeben uns alle samt dem ganzen Equipment zur Tür. Ich drehe mich noch ein letztes Mal zum Tisch um und bemerke, dass Mr Weathershires Glas leer ist.

Wenn mich dieser Tag eines gelehrt hat, dann, dass ich noch eine ganze Menge lernen muss.

Diese Welt ist anscheinend noch seltsamer, als mir bewusst war.

Die Kameracrew verabschiedet sich und wir machen uns auf den Weg zum Lane's End. Dad und Findley unterhalten sich angeregt, Jacob pfeift die Titelmusik von einer Zeichentrickserie, die ich nicht zuordnen kann, und Mum genießt mit zurückgelegtem Kopf die Sommernacht. Der Mond steht hoch am Himmel.

Es ist ein frischer, klarer, perfekter Abend. Ich mache Fotos von den gewundenen Gassen und dem bernsteinfarbenen Laternenlicht. Diese Stadt hat etwas Magisches, selbst auf dieser Seite des Schleiers.

Am Anfang der Royal Mile höre ich plötzlich ein Lied.

Es kommt vom anderen Ende der Straße, und zuerst denke ich, es ist einer der Straßenkünstler oder ein Dudelsackspieler. Aber es ist dunkel und niemand ist zu sehen. Doch das Lied ist kristallklar.

Eine Frau singt.

Ihre Stimme setzt sich in meinem Kopf fest wie ein Haken und lässt mich langsamer werden. Ich kenne dieses Lied. Oder besser gesagt, ich kenne die Stimme der Person, die es singt. Denn es ist keine Person. Ich kann ihren roten Mantel vor mir sehen, ihre schwarzen Locken, ihre ausgestreckte Hand. Ich bleibe stehen und drehe mich auf der Suche nach der Quelle der Melodie im Kreis. Sie ist so nah. Ich will sie finden.

Ich muss sie finden.

»Hört ihr das?«, flüstere ich. Doch niemand sonst scheint den Gesang wahrzunehmen, nicht einmal Jacob, der mich ansieht, als hätte ich den Verstand verloren. Ich verrenke mir den Hals und lausche, lausche, doch bevor ich die Quelle des Gesangs finden kann, verstummt er.

Ich höre nur noch den Wind.

Mum und Dad bleiben noch lange wach, gehen die Aufnahmen von heute durch und bereiten sich auf den nächsten Tag vor. Ich gehe gleich ins Bett, denn ich will einfach nur noch schlafen (und vorzugsweise von etwas anderem träumen als von geisterverseuchten Gassen und begrabenen Krypten).

Doch ich kann nicht einschlafen.

Es geht einfach nicht.

Unruhig wälze ich mich hin und her. Wenn ich die Augen schließe, sehe ich die bröckelnden Tunnel von Mary King's Close vor mir, und wie sich ein Dutzend kränklicher Gesichter zu mir umwenden. Dann verschwindet die Szene, und ich befinde mich über der Erde, wo Lara Chowdhury steht und ihren Spiegelanhänger in den Fingern dreht.

Sieh und höre …

Schau hin und erkenne …

Das ist, was du bist …

Mitten in der Nacht werfe ich schließlich die Bettdecke von mir und stehe auf, wobei ich fast über Grim falle. Ich gehe ins Wohnzimmer. Die Tür zum Schlafzimmer meiner Eltern ist nur angelehnt, aber das Licht ist aus, und ich kann Dad leise schnarchen hören.

»Jacob?«, flüstere ich, in der Hoffnung, dass er in der Nähe ist, doch ich bekomme keine Antwort.

In einem Mondlichtfleck auf dem altmodischen Schreibtisch unter dem Fenster liegt meine Kamera auf ihrem lila Band. Ich hebe sie hoch und sehe auf den Zähler. Ich habe noch zehn Aufnahmen auf diesem Film. Als ich die Kamera herumdrehe, weil ich die Linse mit dem Ärmel meines Schlafanzuges sauber machen will, fällt mir plötzlich etwas auf.

Normalerweise befinde ich mich nicht auf dieser Seite der Kamera, deswegen habe ich noch nie bemerkt, dass die Linse das Licht wie ein Stück Glas reflektiert. Oder wie ein Spiegel.

Sieht Jacob deshalb nie in die Kamera, wenn ich ihn fotografiere?

Wie viele Geheimnisse hat er eigentlich vor mir?

Was muss ich noch alles herausfinden?

Kapitel 16

Bist du sicher, dass du nicht mitkommen willst?«, fragt Mum mich am nächsten Morgen. »Heute sind die Gewölbe unter der South Bridge dran. Da soll es vor paranormaler Aktivität nur so brummen!«

Sprechen normale Eltern so mit ihren Kindern?

»Seit wann ist deine Familie denn normal?«, wirft Jacob ein.

»Ich bin sicher«, sage ich und ziehe Grim an mich. »Ich glaube, ich lasse das lieber aus.«

»Ist alles in Ordnung?«, fragt Dad und kritzelt schnell noch ein paar Gedanken in sein Notizbuch.

»Ja«, sage ich. Ich sage nicht, dass unten ein Mädchen auf mich wartet, mit dem ich über das Geisterjagen reden will. Ich denke noch nicht mal daran, nicht, solange Jacob dabei ist und sein Geheimnis wie eine Lüge zwischen uns steht. Stattdessen versuche ich es mit der erprobten Angst-Masche. »Es ist nur …«

Ich beiße mir auf die Lippe, um eine größere Wirkung zu erzielen. »… Mary King's Close hat mich echt ziemlich mitgenommen.« Es war ja auch wirklich gruselig. Und dann war da ja auch noch die Sache mit dem Schleier, *der mich nicht mehr gehen lassen wollte.* »Ich bin mir nicht sicher, ob ich das noch mal mitmachen will.«

»Oh Liebling«, sagt Mum und streicht mir die Haare aus dem Gesicht. »Ich habe gehört, wie du dich heute Nacht im Bett herumgewälzt hast. War das deshalb?« Ich nicke und sie tätschelt mir den Kopf. »Du warst schon immer so sensibel, was diese Dinge angeht.«

»Und das Ertrinken hat das nicht gerade besser gemacht«, wirft Jacob fröhlich ein. Ich werfe ihm einen warnenden Blick zu.

»Die Energie da unten«, erkläre ich schaudernd, »das war einfach so *düster.*«

Jacob prustet. Er findet offensichtlich, dass ich ein bisschen dick auftrage, aber Mum nickt mitfühlend.

»Da unten war definitiv etwas Bösartiges«, bestätigt sie.

»Vielleicht war es keine gute Idee, ein Kind dorthin mitzunehmen«, meint Dad.

Ich muss mich zusammenreißen, um mich jetzt nicht aufzuregen. Ich hasse es, wenn sie mich als Kind bezeichnen. Und an Dads Ton höre ich, dass er mit Mum schon darüber gesprochen hat. Dass er der

Meinung war, dass ich gar nicht mit nach Edinburgh kommen sollte. Gab es etwa eine Version dieser Geschichte, in der ich nicht vorkomme?

»Nein!«, stoße ich hervor. »Das ist schon o.k. Ich brauche nur einen Tag Ruhe. Nicht mal einen ganzen Tag. Nur den Vormittag. Ein paar normale Stunden ohne Geister, Gespenster, Poltergeister oder …«, plappere ich. Jacob runzelt die Stirn. Offenbar versucht er herauszufinden, was in aller Welt ich vorhabe, doch ich konzentriere mich auf meine Eltern. »Es lag wahrscheinlich nur an der Kombination aus fettem Essen und Jetlag. Ich finde meine Geistersinne schon wieder«, schließe ich.

»Da bin ich ganz sicher«, meint Mum und küsst mich auf den Kopf.

Dad lässt mir etwas Geld für Notfälle und den Filmplan für den heutigen Tag da und gibt mir die strikte Anweisung, im Lane's End zu bleiben, bis sie zurück sind. Edinburgh ist zwar eine sehr hübsche, aber trotzdem eine fremde Stadt.

»Viel Spaß bei der Geisterjagd!«, rufe ich ihnen nach, bevor die Tür hinter ihnen zufällt.

Jacob lässt sich neben mich aufs Sofa plumpsen und fragt: »Und was machen wir jetzt? Schräges schottisches Fernsehen anschauen oder nachsehen, wo Mrs Weathershire ihre Kekse versteckt oder … Wieso siehst du mich so an?«

»Flipp jetzt nicht aus«, sage ich langsam.

Er kneift die Augen zusammen. »Ganz schlechter Anfang, wenn jemand ruhig bleiben soll.«

Ich winde mich, aber es hat keinen Zweck, zu lügen. Lügen ist so schon schwierig genug. Bei jemandem, der deine Gedanken lesen kann, ist es fast unmöglich.

»Ich habe sozusagen eine Verabredung.«

Jacob muss nicht fragen, mit wem. Er sieht die Antwort klar und deutlich in meinen Gedanken und ich sehe klar und deutlich das Entsetzen in seinem Gesicht.

»Du machst doch wohl Witze!«

»Wir wollen uns nur unterhalten.«

»Ich fasse es nicht, dass du dich mit ihr treffen willst!«

Ich möchte mich nicht wieder mit Jacob streiten. Nicht darüber. Er kann mir doch nicht böse sein, nur weil ich das alles verstehen will …

»Sie ist eine *Geisterjägerin*«, sagt er und deutet auf sich selbst. »Jemand, der Geister jagt!«

»Ich weiß, was sie ist. Aber das ganze letzte Jahr über habe ich geglaubt, ich sei die Einzige, die durch den Schleier gehen kann. Es tut mir leid, dass ich so neugierig bin, aber ich habe eben noch nie jemanden getroffen, der genauso ist wie ich.«

»Aber sie ist nicht wie du!«, widerspricht Jacob. »Du machst Fotos von Geistern. Du machst sie nicht …« Er wedelt mit der Hand. »… kaputt.«

Aber das ist ja das Problem. Was, wenn genau das meine Aufgabe ist?

Jacob muss den Gedanken gehört haben, denn er verzieht das Gesicht. So böse habe ich ihn noch nie gesehen. Zorn verändert die Menschen, aber Geister noch mehr. Seine Konturen werden unscharf und die Farbe weicht aus seinem Gesicht. Er sieht … richtig gespenstisch aus.

»Ich bin ja überhaupt nicht dagegen, dass du neue Freunde findest, Cass«, sagt er. Ich will ihm schon sagen, dass ich bezweifle, dass Lara an Freundschaft interessiert ist, aber er lässt mir keine Chance. »Aber vielleicht suchst du dir jemanden, der Leute wie mich nicht einfach in Staub verwandelt.«

Bevor ich darüber nachdenken kann, schieße ich zurück: »Wenn du von Anfang an ehrlich zu mir gewesen wärst, müsste ich jetzt vielleicht nicht bei anderen Leuten nach Antworten suchen!«

Jacob wirft mir einen langen, ernsten Blick zu, dann hebt er die Hände und verschwindet – und ich sitze allein in der Wohnung.

Es ist nicht fair, dass er mitten in einem Streit einfach so abhauen kann.

Vor dieser Reise habe ich mich noch nie mit Jacob gestritten.

Bei dem Gedanken wird mir ganz kalt – bis tief in mein Innerstes.

Ich warte so lange wie möglich, gehe auf und ab,

stecke das Geld ein, hänge mir die Kamera über die Schulter und ziehe die Turnschuhe an, deren Schnürsenkel ich ganz langsam zubinde, in der Hoffnung, dass er zurückkommt. Aber um zehn ist er immer noch nicht da.

Wenn ich jetzt nicht gehe, komme ich zu spät.

Ich klopfe bei 1A an und erwarte, Lara zu sehen, daher bin ich überrascht, als Mrs Weathershire mir die Tür aufmacht. Sie trägt ein Hauskleid und hat das weiße Haar zu einem lockeren Knoten aufgesteckt.

»Oh hallo!«, begrüßt sie mich in ihrer fröhlichen Art. »Du bist das Mädchen von den Blakes, nicht wahr? Ist alles in Ordnung?«

Zuerst glaube ich, ich hätte mich in der Tür geirrt, aber dann taucht Lara hinter Mrs Weathershire auf. »Sie will zu mir, Tante Alice.«

Mrs Weathershire klatscht in die Hände. »Oh wie schön!«, ruft sie und flüstert mir verschwörerisch zu. »Es wird auch Zeit, dass unsere Lara eine Freundin findet.« Dann richtet sie sich auf und tritt beiseite. »Komm herein, Liebes, ich setze Teewasser auf.«

»Nicht nötig«, sagt Lara und greift nach ihrer Jacke. »Wir gehen raus.«

Tun wir das?, frage ich mich, doch Lara zieht mich schon die Treppe hinunter. Sie trägt Leggings und ein langärmliges Kleid und hat das Haar zu einem kunstvollen Fischgrätzopf geflochten. Ich trage Jeans und ein Sweatshirt und bekomme gerade mal einen Pferdeschwanz hin.

Als wir an der Haustür sind, höre ich plötzlich Schritte über uns.

»Mr Weathershire?«, vermute ich mit einem Blick nach oben.

Lara verdreht die Augen. »Nicht *alles* ist paranormal, Cassidy. Ab und zu sind es auch nur alte Wasserleitungen.«

Draußen regnet es zwar nicht, aber es sieht so aus, als würde es jeden Moment anfangen. Ich habe inzwischen gelernt, dass die Schotten dieses Wetter als »teilweise sonnig« bezeichnen. Es weht ein schneidender Wind, der mir sagt, dass ich nicht warm genug angezogen bin, doch Lara legt ein solches Tempo vor, dass ich mich nicht traue, sie zu bitten, noch einmal zurückzugehen.

Die Straße führt bergab, weg von der Royal Mile. Ich weiß nicht genau, wohin wir gehen, und da Lara nicht gerade gesprächig ist, versuche ich es mit Small Talk.

»Bist du ein Harry-Potter-Fan?«, frage ich sie.

»Fragst du das, weil ich Engländerin bin?«

»Nein«, antworte ich, »ich frage, weil es Harry Potter ist und Harry Potter einfach toll ist. Und weil die Autorin die Bücher hier geschrieben hat.«

Lara hebt das Kinn und behauptet: »Na ja, die Geschichte vom Elephant House wird von den Einheimischen eher angezweifelt.« Nach einem kurzen Zögern fügt sie hinzu: »Aber ich habe mich immer für eine Ravenclaw gehalten.«

»Dann bist du also tatsächlich ein Fan!«

Sie wirft mir einen Seitenblick zu. »Ich nehme an, du bist ein Gryffindor?«

»Wie hast du das erraten?«, frage ich strahlend.

Sie mustert mich von oben bis unten. »Furchtlos, dickköpfig und immer bereit, sich völlig unvorbereitet in irgendetwas hineinzustürzen.« Sie zeigt den Anflug eines Lächelns. »Außerdem trägst du ein rot-gelbes Hogwarts-Sweatshirt.«

Ich sehe an mir herunter und stelle fest, dass sie recht hat.

Am Ende der Straße wird sie schließlich langsamer.

»Hier ist es besser«, erklärt sie und atmet tief durch. »In diesem Haus hat man kein bisschen Privatsphäre.«

»Mrs Weathershire ist deine Tante?«

»Meine Großtante mütterlicherseits. Die Familie meines Vaters kommt aus Neu Delhi. Mums Familie kommt aus Schottland. Daher …« Sie bricht ab und deutet in Richtung Lane's End. »Ich bin in London geboren und aufgewachsen … aber wenn ich hier noch lange bleibe, werde ich wohl bald meine Konsonanten verlieren.«

Ich lächle, obwohl mir nicht ganz klar ist, was sie damit meint. Laras Akzent ist hart, während das

Schottische musikalischer klingt, doch beides hört sich für mich fremd und schön an.

Vor einem Kiosk an der Straße bleiben wir stehen und kaufen uns eine heiße Schokolade. Na ja, ich nehme heiße Schokolade, Lara nimmt Tee.

Mit langsamen, präzisen Handbewegungen rührt sie die Milch in ihrem Pappbecher um. Ich wette, sie ist eines von diesen Mädchen mit einer perfekten kursiven Handschrift. Eines, das nie stolpert, sich die Knie anschlägt oder total verstrubbelt aufwacht.

»Wie lange bist du denn noch bei deiner Tante?«, erkundige ich mich.

Lara zuckt seufzend mit den Schultern. »Meine Eltern haben mir kein Datum für meine Rückkehr genannt. Sie sind bei einer Ausgrabung in Tansania. Irgendetwas mit Keramik.«

»Und dich haben sie nicht mitgenommen?«

Sie lächelt bitter. »Eine Ausgrabungsstätte ist kein Ort für ein heranwachsendes Mädchen.«

Das ist eine Geistertour auch nicht, denke ich und bin plötzlich sehr dankbar dafür, dass meine Eltern mich nicht zurückgelassen haben.

»Normalerweise tauchen sie spätestens dann wieder auf, wenn die Schule anfängt.«

»Tut mir leid.«

»Was denn?«, fragt sie knapp.

»Ich meine nur …«

Lara bleibt stehen und dreht sich so abrupt um,

dass ich fast in sie hineinlaufe. »Ich wollte mich nicht mit dir treffen, um über mein Familienleben zu diskutieren. Bleiben wir doch beim *Geschäft*.«

Den ganzen Weg über hat die Burg auf ihrem Felsen über uns gethront. Jetzt führt Lara mich durch ein niedriges Eisentor in eine Art Park am Fuß des Felsens. Plötzlich finden wir uns zwischen alten Bäumen und ein paar Spaziergängern mit ihren Hunden wieder.

Lara setzt sich mit vollkommen geradem Rücken auf eine Bank im Schatten des Felsens. Ich lasse mich im Schneidersitz neben ihr nieder und versuche, still zu sitzen. Sie richtet ihre dunkelbraunen Augen auf mich und sieht mich mit einem dieser langen, bedeutsamen Blicke an, die es mir schwer machen, ruhig zu bleiben.

Ich bin so an Jacobs ständige Kommentare gewöhnt, die wie eine Art Erzählstimme in meinem Leben fungieren, dass mir die Welt ohne ihn sehr still vorkommt. Er ist zwar nicht immer da, aber es ist das erste Mal, dass ich das Gefühl habe, dass er absichtlich nicht da ist.

Als könne Lara ebenfalls meine Gedanken lesen, fragt sie: »Ist dein Kumpel heute nicht dabei?«

»Er heißt Jacob«, erwidere ich.

Sie zuckt nur mit den Schultern. »Geister gehören nicht in das Zwischendrin«, behauptet sie. »Und ganz sicher gehören sie nicht auf diese Seite!«

»Er hat mir das Leben gerettet.«

»Und deshalb hast du ihm einen Trip ins Land der Lebenden spendiert? Das war nicht sonderlich klug, Cassidy. Überhaupt nicht.« Sie sieht sich um. »Und wo ist er jetzt?«

»Schmollt«, erkläre ich. »Er ist böse, weil ich mich mit dir treffe. Weil ich nach dem, was du getan hast, überhaupt noch mit dir spreche.«

Lara sieht mich überrascht an. »Was ich getan habe?«

»Mit dem Mann in dieser Gasse.«

»Oh«, sagt sie. »Der *Geist.*« Geringschätzig schnippt sie mit den Fingern. »Das gehört zum Job. Und seit wann bist du schon ein Zwischendrinler?«

»Ein was?«

»Ein *Zwi-schen-drin-ler*«, wiederholt sie überdeutlich für den Fall, dass ich sie nicht verstanden habe. »Ein Mixer. Ein Schattenquerer.« Als ich sie immer noch verständnislos ansehe, verdreht sie die Augen. »Du weißt schon, das, was *wir* sind.«

»Oh. Ich wusste nicht, dass es ein Wort dafür gibt.«

»Es gibt für alles Wörter.«

»So wie Schleier und Zwischendrin«, stelle ich fest.

Lara nickt widerwillig. »Na gut. Ich habe es jedenfalls als das Zwischendrin kennengelernt, und daher sind Leute wie ich – und wie du – Zwischendrinler.«

»Und wer hat dir das gesagt?«, frage ich. »Was du bist. Was du tun sollst?«

Zum ersten Mal ist Lara diejenige, die sich windet. »Nun, ich … eigentlich hat es mir niemand beigebracht. Onkel Reggie hat … hatte … eine umfangreiche Bibliothek. Es bedurfte einer Menge Zeit und Recherchen sowie einer Menge Fehlversuche …«

Sie lügt, da bin ich mir fast sicher. Zumindest sagt sie mir nicht die ganze Wahrheit. Doch bevor ich sie darauf ansprechen kann, wechselt sie das Thema.

»Du hast meine Frage nicht beantwortet. Wie lange ist es her, dass du gestorben bist?«

Ich zucke bei dem Wort zusammen, weil sie es so unverblümt benutzt, aber ich muss nicht lange rechnen. Ich weiß genau, wie lange es her ist. Das werde ich wohl nie vergessen. »Etwas über ein Jahr«, sage ich, weil das nicht ganz so schräg klingt wie *433 Tage*.

Entsetzt sieht Lara mich an.

»Über ein Jahr?«, fragt sie scharf. »Und du hast noch nicht einen einzigen Geist gejagt?«

»Ich wusste ja nicht, dass ich das soll«, schieße ich zurück. Ich hatte schließlich keine Gebrauchsanweisung oder eine Bibliothek voller Bücher zur Verfügung (obwohl sich in Mums und Dads Arbeitszimmern vermutlich doch einiges hätte finden lassen, aber ich habe nie nachgesehen). »Ehrlich gesagt bin ich mir auch immer noch nicht sicher, dass ich das wirklich tun soll.«

Lara zwickt sich in den Nasenrücken. »Also«, beginnt sie, »du wirst vom Schleier angezogen, nicht wahr?«

Ich nicke.

»Obwohl er dir Angst macht.«

Ja, denke ich.

»Und eigentlich würdest du gerne vergessen, dass er da ist, aber du kannst es nicht …«

Ja.

»Du fühlst dich regelrecht gezwungen, den Vorhang zu heben, die Grenze zu überschreiten und auf die andere Seite zu gehen …«

»Ja«, gestehe ich kaum hörbar.

Lara richtet sich auf und nickt triumphierend.

»Was du da fühlst, Cassidy Blake, nennt man eine Bestimmung.«

Wenn Jacob hier wäre, würde er wahrscheinlich einen Witz über Helden, Abenteuer und zu vernichten Monster machen. Aber Jacob ist nicht hier, und die einzigen Monster, von denen Lara redet, sind Geister. Wie er.

»Wir werden vom Schleier angezogen, weil er uns braucht. Weil du und ich etwas tun können, was sonst kaum jemand kann. Wir können die Geister, die dort gefangen sind, freisetzen. Wir können sie weiterschicken.«

»Müssen wir das denn?«, frage ich leise.

Lara schürzt die Lippen. »Dieser Sog, den du

spürst, der geht nicht weg. Der wird immer nur stärker und stärker, bis du deinen Teil der Abmachung erfüllt hast.«

»Aber ich habe nie eine Abmachung getroffen!«, werfe ich empört ein. Ich habe es mir an diesem Tag nicht ausgesucht, von der Brücke zu fallen. Ich wollte nicht in diesem Fluss versinken. Ich wollte nicht ertrinken … Ich wollte nur wieder an die Oberfläche. Ich wollte nur Luft und Licht und eine zweite Chance.

Ein neuer Schatten überzieht Laras Gesicht: Mitleid.

»Doch, hast du«, sagt sie leise. »Vielleicht hast du es nicht mit Worten getan, aber du sitzt hier, lebendig, obwohl du eigentlich tot sein solltest. Dir wurde etwas geschenkt und du musst es zurückzahlen. Du und ich – wir können durch den Schleier gehen, weil wir es sollen, weil wir auf der anderen Seite etwas zu erledigen haben. Und es ist höchste Zeit, dass du mit der Arbeit anfängst.«

Kapitel 17

Bestimmung.

Es ist verrückt, aber sie hat recht.

Ich kann es spüren. Es ist die Antwort auf alle Fragen, die ich mir das ganze letzte Jahr über gestellt habe, Fragen, die seit meinem Unfall immer lauter und lauter geworden sind.

Warum werde ich vom Schleier angezogen?

Wieso kann ich durch ihn hindurch?

Was soll ich auf der anderen Seite tun?

Lara greift mit einer Hand nach dem Spiegelanhänger um ihren Hals.

»Wie funktioniert das denn?«, frage ich. Ich erinnere mich noch deutlich daran, wie sie ihn dem Geist vor die Nase gehalten hat, während sie ihren Spruch aufgesagt hat.

Lara zieht sich die Kette über den Kopf und legt sie mit der spiegelnden Seite nach oben zwischen uns auf die Bank.

»Geister können nicht in Spiegel sehen«, erklärt sie. »Sie bleiben quasi darin stecken.«

Ich muss an Jacob denken, wie er im Schlafzimmer im Lane's End gestanden hat und vor seinem eigenen Spiegelbild erstarrt war, dieser grässlichen Version seiner selbst. Und ich erinnere mich an das, was er gesagt hat:

»Ich … hab mich wohl ein bisschen verirrt …«

Ich zermartere mir das Hirn – habe ich Jacob vor diesem Zwischenfall schon jemals vor einem Spiegel gesehen? In meinem Zimmer zu Hause gibt es keinen, und ins Bad ist er nie gegangen – das war ja nicht nötig. Und an dem schmalen Spiegel im Flur ist er immer schnurstracks vorbeigegangen. Ich habe dem nie große Beachtung geschenkt.

»Was meinst du damit, sie bleiben stecken?«

»Spiegel sind ehrlich«, erklärt Lara. »Sie zeigen uns, wie wir wirklich sind. Einen Geist zwingt der Spiegel, die Wahrheit zu erkennen.«

»Und was ist die Wahrheit?«

Lara sieht mich an. Ihr Blick wirkt schwer wie Stein.

»Die Wahrheit«, sagt sie, »ist, dass sie tot sind. Sie sind weg.« Sie lehnt sich zurück. »In diesem Sinne sind auch wir wie Spiegel. Wir zeigen es ihnen. Wir sagen es ihnen. Und wenn du sie dazu gebracht hast, die Wahrheit zu akzeptieren, dann greifst du einfach nach ihrem Faden und ziehst ihn heraus. Du solltest *immer* etwas Spiegelndes dabeihaben«, fügt sie hinzu. »Zum Schutz.«

»Zum Schutz?«, frage ich. »Vor was?«

»Nicht alle Geister sind freundlich«, erklärt Lara. »Jedes Mal, wenn du hinter den Schleier trittst, stehst du mit einem Fuß in deiner Welt und mit einem in ihrer. Du hältst dich vielleicht für einen Besucher oder bloßen Zuschauer, aber die Wahrheit ist, dass dich ein Geist verletzten kann, wenn er stark genug ist. Und das wird er auch tun, denn wir haben etwas, was sie wollen.«

»Und was ist das?«

Lara tippt sich auf die Brust. »Ein *Leben.*«

Ich denke an den matten, dunklen Faden, den sie aus der Brust des Geistes gezogen hat. Und an das merkwürdige Licht, das hinter dem Schleier immer in meiner Brust leuchtet und das ich auch bei Lara gesehen habe.

Sie sieht an mir vorbei.

»Oh, sieh mal«, bemerkt sie trocken. »Dein Freund ist da.«

Ich drehe mich um und entdecke tatsächlich Jacob, der halb hinter einem Baum versteckt ist und uns finster ansieht. Ich bin erleichtert und wünschte, ich könnte ihn umarmen, doch sobald er sieht, dass ich ihn bemerkt habe, duckt er sich wieder außer Sicht. Nur noch eine Schuhspitze und ein Büschel wirrer blonder Haare lugen hinter dem Baumstamm hervor.

Lara sieht in ihren Becher und stellt fest: »Mein Tee ist kalt.« Sie steht auf und zieht ihren Anhänger von der Bank. »Bin gleich zurück!«

Ich sehe ihr nach, während sie zum Kiosk am Rand des Parks geht. Sie stellt sich in die Schlange und sieht auf ihr Telefon, während sie wartet.

Aus dem Augenwinkel nehme ich eine Bewegung wahr. Dieses Mal lässt sich Jacob schweigend neben mir auf der Bank nieder. Ich habe das Gefühl, ich sollte mich entschuldigen – aber er auch. Daher bin ich erleichtert, dass er mich unterbricht, als ich den Mund aufmache, um *Sorry* zu sagen, und meint: »Ich hätte nicht einfach verschwinden sollen.«

»Freundschaftsregel Nummer 16«, sage ich. »Geh nirgendwo hin, wohin ich dir nicht folgen kann.«

»Ich dachte, Regel Nummer 16 war *Nie das Ende eines Films verraten.*«

»Quatsch«, widerspreche ich bestimmt. »Das ist Regel Nummer 24.«

Er kichert, und es ist schön, ihn wieder lächeln zu sehen, doch die Verbindung zwischen uns ist immer noch empfindlich, wie ein blauer Fleck.

Jacob holt tief Luft. »Ich wusste, was du bist. Ich habe es dir nicht gesagt«, erklärt er langsam, »weil ich Angst hatte, dass du mich auch wegschicken würdest, wenn du wüsstest, warum die Geister hinter dem Schleier feststecken und dass du sie weiterschicken kannst …«

»Aber du steckst doch nicht fest.«

Jacob sieht zu Boden. »Habe ich aber …«

»Na, jetzt aber nicht mehr. Du bist hier bei mir. *Willst* du denn weg?«

Ruckartig schießt sein Kopf hoch. »Nein, natürlich nicht!«

»Warum sollte ich dich dann wegschicken? Du bist mein bester Freund. Und ich glaube, es gibt einen Grund dafür, dass wir diese Verbindung haben.«

»Glaubst du?« Jacob strahlt.

Ich nicke heftig. »Du bist kein normaler Geist. Ich glaube, du sollst mir helfen. Ich glaube, wir sollen ein Team bilden.«

»Wie Skull und Bone?«, fragt er erfreut.

»Ja, wie Skull and Bone«, antworte ich.

»Und wer von uns ist in diesem Szenario dann der Hund?«, will er wissen und grinst.

Lara kommt mit einer frischen Tasse Tee zurück. »Also gut«, meint sie, »wo waren wir?«

Jacob neigt sich vor und stellt fest: »Aber die mag ich immer noch nicht.«

Lara sieht ihn kurz an und erwidert: »Ich mag dich auch nicht, Geist.«

Er fällt fast rücklings von der Bank.

»Sie kann mich hören?«

»Ja, ich kann dich hören«, erklärt Lara. »Und sehen kann ich dich auch, aber beides sollte ich nicht können, denn du solltest eigentlich nicht hier sein.«

Ich räuspere mich und will gerade das Thema wechseln, doch in diesem Moment spüre ich es: das *Tipp-tipp-tipp* auf meiner Schulter.

Auch Lara spürt es, das erkenne ich daran, wie sie erstarrt und den Kopf schief legt, als würde sie auf etwas lauschen.

»Was meinst du?«, fragt sie mich und wendet sich schon zum Gehen. »Willst du mal sehen, was du so alles kannst?«

Kapitel 18

Lara sucht nicht nach dem Schleier und greift auch nicht in die Luft. Sie hebt nur eine Hand und schlägt mit einer einzigen, entschiedenen Bewegung damit zur Seite – und der Vorhang teilt sich vor ihr.

Vor uns.

Ich mache einen Schritt nach vorne und spüre die vertraute Kältewelle, dann sind wir hindurch. Wir sind immer noch im Park am Fuß des Burghügels – aber in einer blasseren Version davon. Die Welt ist jetzt grau und geisterhaft.

Fast erwarte ich, dass Jacob nicht mitkommt, doch er bleibt an meiner Seite. Schaudernd verschränkt er die Arme vor der Brust.

»Skull and Bone«, murmelt er, aber ich weiß nicht, ob er mit mir oder mit sich selbst spricht.

Lara wischt sich unsichtbaren Staub vom Ärmel. In ihrer Brust leuchtet dieses warme, sanfte Licht.

Nicht weit von uns entfernt ruft ein in warme Wintersachen gehüllter Mann einen Namen. Seine Stimme ist hoch und dünn und der Wind trägt sie davon.

Es fängt an zu schneien, nicht überall, nur um ihn herum. Und als er sich umdreht und aus dem Park schlurft, scheint der Schleier ihm zu folgen wie eine Welle und nimmt den Winter mit sich.

»Wie …«, beginne ich.

»Das Zwischendrin ist nicht nur *ein* Ort«, erklärt Lara. »Es ist für jeden Geist anders. Wie eine … Zeitkapsel. Manchmal überschneiden sich die Geisterwelten und verschwimmen miteinander, aber letztendlich ist jeder Geist in seiner eigenen Welt gefangen und durchläuft wieder und wieder seine eigene Zeitschleife.«

Wir folgen dem Mann aus dem Park und durch die Straßen. Er schlurft durch niedrige Schneewehen bis zu einer Haustür, die er mit der Schulter aufstößt und durch die er ins Haus hineingeht. Lara beschleunigt ihre Schritte, und wir erreichen die Tür, bevor sie zufällt.

Lara, Jacob und ich treten aus dem fallenden Schnee in ein Zuhause. Jacob stellt sich schützend vor mich, doch der Mann dreht sich nicht zu uns um. Er steht am Kamin und stochert mit einer langen Eisenstange in der Glut eines verlöschenden Feuers herum. Er ist groß und hager, hat wirres graues Haar und tief liegende Augen. Er *könnte* gruselig sein. Aber das ist er nicht. Von ihm geht nur eine überwältigende Trauer aus, die ihn wie eine Dunstwolke umgibt.

»Habt ihr ihn gesehen?«, fragt der Mann mit tiefer, weicher Stimme.

Ich trete einen Schritt vor. »Wen?«, frage ich sanft.

Lara hebt schon ihren Anhänger, doch ich packe sie am Handgelenk und schüttle den Kopf. »Warte!«, flüstere ich.

»Warum?«, fragt sie. »Es ist nicht nötig, sich seine Geschichte anzuhören.«

Vielleicht ist es nicht nötig, aber es kommt mir wichtig vor.

Der Mann lässt seinen traurigen Blick zu mir und der Kamera um meinen Hals gleiten. »Was hast du da, Mädchen?«

Ich hebe die Kamera hoch. »Damit kann ich Fotos machen.«

Ein Schatten zieht über das Gesicht des Mannes, und mir fällt ein, dass er vielleicht gar nicht weiß, was ein Foto ist. Vielleicht hat er in einer Zeit gelebt, in der es noch keine Kameras gab. Doch dann zieht er ein kleines, verwittertes Stück Papier aus der Hemdtasche und zeigt es mir.

Vom gelblichen Papier einer alten Fotografie sieht mir ein Junge entgegen.

»Mein Sohn Matthew«, erklärt er. »Das Bild wurde auf dem Wintermarkt aufgenommen, kurz bevor er verschwunden ist.«

Mein Magen verkrampft sich. Ein Kind, das im Winter gestohlen wurde.

Der Mann blickt zum Fenster. »Meine Frau ist nach Süden zu ihrer Familie gegangen. Aber ich konnte meinen Jungen nicht verlassen. Ich habe seiner Mutter gesagt, ich würde hier warten. Ich werde warten, solange es sein muss.« Der Mann lässt sich neben dem heruntergebrannten Feuer auf einen Stuhl sinken und schließt die Augen. »Ich werde warten, bis er nach Hause kommt.«

Der Wind heult um die Fenster.

Der Atem des Mannes ist als Wolke in der kalten Luft zu sehen, und ich schaudere, als die Kälte auch mich erreicht.

Ich werde warten, solange es sein muss.

Ich denke daran, was Lara über Geister gesagt hat, dass sie nur hier hinter dem Schleier sind, weil sie feststecken. Es macht mich traurig, diesen Mann zu sehen, der hier gefangen ist, in dieser Welt, in diesem Haus, in diesem endlosen Warten, denn ich weiß, dass er nie aufhören wird, aus dem Fenster zu sehen. Und ich weiß, dass sein Sohn nie zurückkommen wird.

»Cassidy«, sagt Lara, die neben mich tritt. Ich weiß, dass die Zeit gekommen ist. »Hast du einen Spiegel?«, fragt sie und bietet mir ihren eigenen an.

Ich nicke zu der Kamera in meinen Händen. »Ich habe das«, sage ich, löse den Verschluss von der Linse und zeige ihr, wie sie glänzt, wenn ich sie drehe, und wie sie Teile des Raumes widerspiegelt. »Wird das funktionieren?«

»Na, das werden wir gleich sehen«, erwidert sie skeptisch.

Ich sehe zu Jacob, der an der Tür stehen geblieben ist und ausdruckslos zusieht.

Du bist nicht wie er, denke ich. *Du gehörst nicht hierher. Du gehörst zu mir.*

Jacob beißt sich auf die Lippe, doch er nickt, und ich wende meine Aufmerksamkeit wieder dem Mann im Sessel zu. In seinem Bart hat sich Frost gebildet und seine Haut wird ganz weiß vor Kälte.

»Wenn du meinen Jungen siehst …«, murmelt er durch seine Atemwolke.

»Dann schicke ich ihn nach Hause«, verspreche ich und hebe die Kamera. »Kann ich ein Bild von Ihnen machen, damit ich es ihm zeigen kann?«

Mühsam öffnet er die Augen, sieht sein Spiegelbild in der Linse – und erstarrt. Es ist, als hätte ihn jemand in einem einzigen Augenblick gegen eine Statue ausgetauscht. Er ist völlig regungslos und aller Schmerz und alle Trauer sind aus seinem Gesicht verschwunden.

Ich höre, wie Jacob scharf die Luft einsaugt, doch ich konzentriere mich nur auf den Mann.

»Erinnerst du dich an die Worte?«, fragt Lara.

Ich glaube schon.

»Sieh und höre!«, sage ich.

Frost zieht über die Fensterscheiben.

»Schau hin und erkenne!«

Kleine Eiszapfen bilden sich auf dem Gesicht des Mannes.

»Das ist, was du bist«, flüstere ich.

Die Konturen des Mannes werden unscharf und seine ganze Gestalt scheint zu vibrieren. Dann hole ich tief Luft, nehme allen Mut zusammen und greife in seine Brust. Ich ziehe einen dünnen Faden heraus, brüchig und grau. Das Leben – oder den Tod – des Mannes in meiner Hand zu halten, lässt mich erkennen, was Lara gemeint hat, als sie von meiner Bestimmung gesprochen hat. Plötzlich verstehe ich, was mich wieder und wieder hinter den Schleier zieht. Wonach ich gesucht habe, ohne es zu wissen. Was ich brauche.

Das ist es.

Der Faden zerfällt in meiner Hand und der Mann ebenso – zu Asche und dann zu nichts.

Jacob, Lara und ich stehen schweigend in dem engen Raum nebeneinander. Jacob bewegt sich als Erster. Er geht vor dem Stuhl in die Hocke und fährt mit den Fingern durch die letzten Staubspuren.

Und dann beginnt sich der Raum um uns herum aufzulösen wie ein Foto, auf dem im Laufe der Zeit die Details verblassen. Natürlich. Der Geist ist jetzt weg, da ist es nur logisch, dass auch sein Ort hinter dem Schleier verschwindet.

Ich spüre Laras Hand auf meiner Schulter. »Wir sollten gehen.«

Als wir wieder auf der Seite der Lebenden sind, machen wir uns auf den Rückweg zum Lane's End.

Lara und Jacob gehen ein paar Schritte voraus und er bombardiert sie mit Fragen. Sie scheinen ihre gegenseitige Abneigung langsam abzulegen. Oder zumindest eine Art Waffenstillstand zu schließen.

Ich bleibe ein wenig zurück. Meine Hand, die den Lebensfaden des Mannes gehalten hat, kribbelt noch etwas. Es war traurig, ihn weiterzuschicken, aber es war auch eine Art Erleichterung, wie wenn man den Atem ausstößt, den man zu lange angehalten hat. Befreiend.

Und danach war das *Tipp-tipp-tipp* verschwunden.

Es ist nicht nur leiser geworden, es ist ganz verschwunden, und stattdessen hat nur Ruhe und Frieden geherrscht.

Es hat sich … richtig angefühlt.

Ich laufe schneller, um zu Jacob und Lara aufzuschließen.

»Was war der gruseligste Geist, dem du je begegnet bist?«, fragt Jacob gerade.

Lara legt einen Finger an die Lippen. »Schwer zu sagen. Entweder William Burke …«

»Der … Leichenräuber Schrägstrich Serienmörder?«, staunt Jacob.

»Genau der«, bestätigt Lara. »Entweder der oder das kleine Mädchen im Petticoat, das ich in einer der Pestgruften hier gefunden habe.«

Jacob schnaubt. »Wie können denn ein Massenmörder und ein kleines Mädchen gleich gruselig sein?«

Lara zuckt mit den Achseln. »Kleine Kinder sind einfach unheimlich.«

Kinder. Dabei fällt mir etwas ein.

»Lara«, sage ich schnell und beschleunige meine Schritte noch mehr. »Ist dir mal eine Frau in einem roten Mantel begegnet?«

Schlagartig wird Lara ernst und ihr Mund verzieht sich zu einer schmalen Linie. »Sprichst du von Raven, dem Roten Raben?«

Ich nicke. »Hast du sie schon mal gesehen?«

»Einmal«, gibt sie nervös zu. »Letzten Winter. Ich war über die Feiertage zu Besuch und habe im Zwischendrin gejagt, als ich sie singen gehört habe. Und ehe ich mich's versah, bin ich geradewegs auf ihre ausgestreckte Hand zugegangen.« Sie schüttelt den Kopf. »Das war echt knapp.«

»Aber du bist ihr entkommen.«

»Ich habe Glück gehabt, dass Tante Alice in der Nähe war. Ich habe ihr Rufen gehört und das hat den Bann gebrochen. Ich hatte gerade noch genug Verstand, mich loszureißen und das Zwischendrin zu verlassen. Und seitdem bin ich immer sehr, sehr vorsichtig.« Sie kneift ihre dunklen Augen zusammen. »Warum fragst du? Hast du sie etwa gesehen, Cassidy?«

Ich nicke, und Lara reißt die Hand hoch, sodass ich stehen bleiben muss. »Du musst dich von ihr fernhalten, hast du verstanden?« Ihre Stimme klingt ungewöhnlich eindringlich und scheint so gar nicht zu ihr zu passen. »Weißt du noch, was ich über unsere Leben gesagt habe?« Sie legt die Hand auf ihre Brust, wo hinter dem Schleier das Licht geleuchtet hat. »Und über die Geister, die es wollen? Raven ist eine davon. Sie nährt sich an den Lichtern der Kinder, die sie stiehlt. Aber diese Fäden sind kurz und dünn. Sie muss eine Menge davon vertilgen, um sein zu können, was sie ist. Aber wenn sie das Leben von jemandem wie dir oder mir in die Finger bekommt – etwas so Helles –, das wäre katastrophal.«

Ich schaudere bei dem Gedanken.

Lara sieht Jacob an. »Also tu deine Pflicht, Geist. Pass auf sie auf.«

»Das ist gar nicht so leicht«, schnaubt Jacob.

Wir gehen den Hügel zum Lane's End hinauf.

»Aber das ist wirklich seltsam«, meint Lara halb zu sich selbst. »Es ist gar nicht die richtige Jahreszeit.«

»Ich weiß.« Das hat mich auch schon beschäftigt. Was hat Findley gesagt? *Sie kommt mit der Kälte*. Ich denke an den Fluss, an meinen Sturz in das eisige Wasser. Dass mich jedes Mal diese Kälte umgibt, wenn ich durch den Schleier gehe. Das bläuliche Leuchten in meiner Brust.

»Vielleicht hat es etwas mit der Art zu tun, wie ich …« Es fällt mir immer noch schwer, es auszusprechen, selbst jetzt und bei jemandem wie Lara. Ich formuliere um: »Wie fühlt sich der Schleier bei dir an, wenn du hindurchgehst?«, frage ich Lara.

Sie überlegt. »Es ist wie ein Nebel. Ein Fieber. Ich war einmal krank, wirklich sehr krank. Mein Leben stand eine Zeit lang auf Messers Schneide«, fügt sie hinzu. »Und ich konnte mich einfach nicht wach halten. So fühlt es sich an. Träumerisch, aber auf eine unangenehme Art.«

Ich nicke. »Bei mir ist es, als fiele ich in einen zugefrorenen Fluss. Es ist bitterkalt. Wenn Raven von der Kälte angezogen wird, dann vielleicht auch von mir.«

»Vielleicht«, meint Lara. »Nun, das ist ein Grund mehr, sich von ihr fernzuhalten. Wenn du sie siehst, halt dir die Ohren zu, verschwinde durch den Schleier, und um Himmels willen«, sie nickt zu meiner Kamera hin, »beschaff dir einen vernünftigen Spiegel!«

Als wir fast am Lane's End sind, entdecke ich einen Mann, der auf uns zuschlendert. Seine roten Haare leuchten in der Sonne. Abrupt bleibe ich stehen.

»Oh!«, macht Jacob.

»Wen haben wir denn da?«, fragt Findley. Er sieht Lara an. »Miss Chowdhury. Sie hätte ich jetzt wirklich nicht für eine Regelbrecherin gehalten.«

Lara richtet sich auf und erklärt pikiert: »Ich habe keinerlei Regel gebrochen.« Der Wind hat meine Locken total zerzaust. Wie schafft sie es nur, dass ihr Zopf immer noch so perfekt aussieht?

»Was machen Sie denn hier?«, frage ich Findley nervös.

»Komische Sache«, erwidert er. »Deine Eltern haben mich geschickt, um nach dir zu sehen. Nur dass du gar nicht da warst.«

Ich werfe Lara einen Blick zu. »Ich habe meinen Eltern möglicherweise versprochen, dass ich im Haus bleiben würde«, sage ich ihr. Dann drehe ich mich wieder zu Findley um. »Wir haben nur etwas frische Luft geschnappt.«

»Tatsächlich?«, sagt er mit einem Funkeln in den Augen. Ich kenne dieses Funkeln. Bei Mum habe ich es schon tausendmal gesehen.

»Ich kriege doch keinen Ärger, oder?«

»Och«, meint er verschmitzt, »ein kleiner Spaziergang hat doch noch nie jemandem geschadet, oder?«

Ich bin mir zwar ziemlich sicher, dass das nicht stimmt, besonders, wenn es Kinder und fremde Großstädte voller kinderfressender Geister betrifft, aber ich weiß seine Einstellung zu schätzen.

»Ich schlag dir was vor«, meint er und hebt einen dicken Finger. »Ich sage deinen Eltern nichts, aber nur unter einer Bedingung.«

»Und die wäre?«

»Nun«, sagt er. »Deine Eltern haben mich geschickt, um dich zu fragen, ob du dich wieder mutig genug fühlst, um sie in der Burg zu treffen.«

»Ich hatte keine Angst!«, erwidere ich entrüstet.

»Es ist keine Schande, manchmal Angst zu haben«, gibt er zurück. »Aber es gibt einen Unterschied zwischen Angst haben und sich von der Angst verjagen zu lassen. Komm mit zur Burg, und ich werde wie der Held aussehen, der deine Meinung geändert hat. Sie sind natürlich auch herzlich eingeladen, Miss Chowdhury.«

Ich werfe einen Blick zu Lara, die mit den Achseln zuckt und sagt: »Nein, danke. Aber die Burg ist wirklich ein faszinierender Ort«, fügt sie mit bedeutsamem Blick hinzu, der von mir zu Jacob wandert. »Denk nur daran, was ich dir gesagt habe.«

»Oder«, wirft Jacob ein, »wir könnten auch einfach wieder hinauf in die schöne, warme Wohnung mit Comics und Keksen gehen.«

»Sieh mal«, meint Findley, als er merkt, dass ich zögere. »Du kannst doch nicht nach Edinburgh kommen und dir die Burg nicht ansehen.«

»Die können wir auch von hier aus wunderbar sehen«, bemerkt Jacob und deutet auf das Gebäude auf dem Felsen.

»Bist du nicht ein kleines bisschen neugierig?«, fährt Findley fort.

Natürlich bin ich neugierig. Ich war noch nie in

einer Burg. Außerdem schwirrt mir der Kopf von Laras Gerede über Bestimmung, und meine Hände sind noch warm, weil ich den Mann hinter dem Schleier weitergeschickt habe.

»Nun?«, fragt Findley. »Was sagst du?«

Ich sehe Jacob an.

Die Burg würde ich schon gerne sehen, aber nicht ohne ihn. Und das nicht nur, weil ich sonst vielleicht hinter dem Schleier stecken bleibe. Sondern auch, weil es heute Morgen echt komisch war, als er nicht da war. Ich hatte das Gefühl, als hätte mir jemand meinen Schatten abgeschnitten.

Doch Jacob ist nicht nur mein Schatten.

Er ist mein Komplize.

Der Side-Kick zu meinem Helden (*oder der Held zu meinem Side-Kick*, korrigiere ich mich, als er mich entgeistert ansieht). Und er sollte mitentscheiden dürfen.

Du entscheidest, denke ich. *Wenn du nicht willst, müssen wir nicht gehen*.

Vielleicht wollte er einfach nur die Wahl haben, denn er verdreht die Augen und grinst mich an.

»Na ja«, meint er, »die Comics habe ich eh alle schon gelesen, und Kekse essen kann ich sowieso nicht.«

Lächelnd wende ich mich an Findley.

»Also gut. Gehen wir zur Burg.«

Kapitel 19

Edinburgh Castle, wie die Burg hier genannt wird, thront hoch oben auf ihrem Felsen und überragt einfach alles. Als dunkelgrauer Schatten vor dem hellgrauen Himmel starrt sie uns entgegen, als wir die breite Steintreppe hinaufgehen.

Auf dem Weg erzählt Findley von den vielen berühmten Geistern der Burg und bei jeder Geschichte leuchten seine Augen heller. Da gibt es den Dudelsackspieler, der sich in den Tunneln verlaufen hat, die Soldaten, die während der Belagerung verloren gingen, einen kopflosen Trommler und die Gefangenen in den Verliesen sowie eine Frau, die der Hexerei angeklagt und auf dem Scheiterhaufen verbrannt wurde. Mit jeder Geschichte und jeder neuen Stufe wird der Schleier schwerer, getränkt vom Gewicht der Geschichte und der Erinnerungen. Von Dingen, die nicht mehr hier sind, aber auch nicht wirklich fort.

Findley führt uns über den leeren Burggraben und durch das Haupttor auf das Burggelände.

Bei dem Wort Burg habe ich bislang immer an ein riesiges Haus gedacht.

Doch das hier ist eher wie eine kleine Stadt.

Wir sind zwar immer noch unter freiem Himmel, aber umgeben von hohen Steinmauern und einem Geflecht aus kleineren Gebäuden. Einige davon sind turmartig, andere eher flach. Das Ganze sieht aus wie aus einem mittelalterlichen Märchen.

»Cool!«, flüstert Jacob.

Am Rand meines Blickfeldes flattert der graue Schleier. Was würde ich wohl sehen, wenn ich jetzt hinübergehen würde? In mir wächst die Neugier. Aber ich weiß jetzt, dass es nicht nur Neugier ist. Es ist der Drang meiner Bestimmung. Mein Herz schlägt schneller und meine Finger packen die Kamera fester.

Ich bemerke gar nicht, dass ich stehen geblieben bin, bis Findley sich nach mir umdreht.

»Hier entlang!«, ruft er und führt uns durch ein Tor, das er »Fallgitter« nennt. Es sieht aus wie der obere Teil eines Mauls voller scharfer Metallzähne.

Wir steigen immer höher hinauf, bis ganz nach oben, wo wir schließlich in einen Hof gelangen, der von Kanonen umringt und von Touristen bevölkert ist. Einen so beliebten Touristenort konnten die Fernsehproduzenten für die Drehaufnahmen meiner Eltern offensichtlich nicht sperren.

»Ich kann sie nirgends sehen«, bemerkt Jacob, doch Findley schlängelt sich schon zum Rand des Platzes durch. Was er dort sieht, kann ich erst erkennen, als ich nahe genug bin, um einen Blick über die Mauer zu werfen.

Der Anblick ist unglaublich. Wir sind weit oben, mit der Burg im Rücken und dem steil abfallenden Hügel unter uns. Zu unseren Füßen breitet sich ganz Edinburgh wie ein Teppich aus.

»Wow«, macht Jacob.

»Wow«, wiederhole ich.

»Siehst du?«, strahlt Findley. »Ich habe doch gesagt, dass es sich lohnt.«

Da hat er recht.

Es ist atemberaubend. Zum ersten Mal greife ich nicht nach der Kamera, denn ich weiß, dass ein Foto das, was ich hier sehe, nie einfangen könnte. Also lehne ich mich an die Festungsmauer und lasse den Anblick einfach auf mich wirken. Der Schleier bebt und vibriert, und als ich die Augen schließe, bilde ich mir ein, ich könnte das ferne Stampfen von Soldatenstiefeln hören, Kanonendonner, den klagenden Laut eines Dudelsacks und …

Gesang.

Ich schaudere.

Hörst du das?, frage ich Jacob im Stillen, doch als er antwortet, klingt er irgendwie abgelenkt.

»Wahrscheinlich nur der Wind.«

Aber das ist nicht der Wind. Hier oben pfeift er zwar wild um uns herum, doch das, was ich höre, ist mehr als nur Wind. Diese Stimme.

Ich erkenne sie daran, wie die Musik in mir widerhallt. Ich versuche, mich an Laras Worte zu erinnern, an ihre Warnung, aber meine Gedanken scheinen zu zerfließen, und ich muss mich sehr konzentrieren, damit sie sich nicht völlig auflösen.

»Cass?« Jacob winkt mit einer durchscheinenden Hand vor meinem Gesicht.

Ich blinzle, und der Gesang wird schwächer, wird schließlich ganz von einem hohen, dünnen Säuseln ersetzt. Vielleich hat Jacob ja recht und es war doch nur der Wind.

Als ich von der Mauer zurücktrete, ertönt plötzlich ein lautes »Bumm!«.

Erschrocken springe ich zurück, aber *das* habe ich offenbar nicht als Einzige gehört. In der Nähe steigt eine Rauchwolke auf und alles um uns herum erzittert. Findley grinst nur.

»Die Ein-Uhr-Kanone«, erklärt er, als sei es völlig normal, mitten am Tag mit schwerer Artillerie herumzuballern. »Komm«, fordert er mich auf, »wir sollten deine Eltern suchen.«

Ich hole den Filmplan der Show aus der Tasche, aber da steht nur »Burg«. Das ist nicht gerade hilfreich, wenn man bedenkt, dass diese Burg den ganzen Hügel einnimmt.

»Haben Sie eine Ahnung, wo sie sein könnten?«, frage ich Findley.

»Nein«, gibt er zu. »Aber es sollte nicht schwer sein, sie zu finden. Ich vermute, sie sind entweder in den Baracken oder den Gefängniszellen.«

Stimmt. Das ist logisch. Meine Eltern wollen hier schließlich nicht die Kronjuwelen, die Küchen oder St. Margaret's Chapel besuchen, die Orte, die so stolz auf den Plakaten und Hinweisschildern beschrieben werden. Nein, sie stecken wahrscheinlich bis zu den Knien in der deutlich dunkleren Geschichte dieser Burg.

Wir gehen durch das nächste Gebäude, das dem Schild über der Tür zufolge die Große Halle ist. Mein erster Gedanke ist, dass es hier drin aussieht wie im Speisesaal aus den Harry-Potter-Büchern.

»Pigworts!«, ruft Jacob triumphierend. »Broomball! Crowpuff!«

Er hat die Bücher nie gelesen, und er weiß, dass mich das wahnsinnig macht. Aber er weiß auch, dass ich keine Zeit habe, mich hinzusetzen und zehntausend Seiten für ihn umzublättern, also habe ich nachgegeben und ihm stattdessen die Filme gezeigt.

»Das ist wie in der Szene mit Dumbledore und dem Magischen Hut!«, meint er erfreut.

Offensichtlich hat er nicht so genau aufgepasst.

Nach der Großen Halle kommen wir in einen weiteren kleinen Hof. Hier wird der mittelalterliche

Zauber durch Wegweiser zu den Toiletten und einem kleinen Touristencafé gebrochen.

»Das zerstört irgendwie die Stimmung, oder?«, meint Jacob.

Findley holt sich schnell einen Pappbecher voll starkem schwarzem Tee. Ich sehe mich um und versuche, herauszufinden, warum die Burg so anders ist als Mary King's Close. Vielleicht liegt es an den vielen Touristen oder weil wir im Freien sind. Findley behauptet, dass es hier definitiv spukt. Ich kann den Schleier zwar spüren, aber er wirkt hier nicht bedrohlich. Es gibt ein leises, kontinuierliches *Tipp-tipp-tipp* von Geistern, aber das ist eher ein sanftes Nieseln als ein Wolkenbruch.

Geht es nur mir so, oder ist es hier weit weniger gruselig als in Mary King's Close?, denke ich.

»Psst!«, zischt Jacob. »Sag das bloß nicht zu laut!«

Ich verdrehe die Augen.

Dann verlassen wir den Hof und gehen in die Verliese hinunter. Und das schöne nicht gruselige Gefühl verschwindet so schnell wie Wärme durch ein offenes Fenster.

Ich schaudere und mir wird plötzlich kalt. Die Decken sind hier niedrig und die Mauern werden von Eisengittern unterbrochen. In den Zellen sind Botschaften wie mit Fingernägeln ins Holz gekratzt. Warnend stellen sich mir alle Haare auf den Armen auf.

Jacob sieht mich finster an. »Das warst du!«

»Da kann ich doch nichts dafür!«, flüstere ich laut. »Hier hat es schon vorher gespukt!«

»Vielleicht«, knurrt er. »Aber du hast bestimmt dafür gesorgt, dass es noch *mehr* spukt!«

Ich will ihm sagen, dass das so nicht funktioniert, aber der Schleier greift schon nach mir und versucht, mich hinunterzuziehen. Das *Tipp-tipp-tipp* wird zu einem Hämmern. Ich weiche ein paar Schritte in Richtung des sicheren Hofs zurück. Doch dann höre ich Dads Stimme, die klingt, als würde er vor einer Klasse sprechen.

»Von einer tief begrabenen Stadt sind wir nun zu einer hohen Burg gewandert. Edinburgh Castle wurde auf einem zerklüfteten Felsen errichtet und steht dort schon seit fast 1400 Jahren ...«

»Bei einer so langen Geschichte«, wirft Mum ein, »ist es kein Wunder, dass die Burg viele Geister beherbergt.«

Natürlich kommen ihre Stimmen nicht vom geisterfreien, luftigen Hof hinter uns, sondern aus einem Gang, der tiefer in die Verliese hinunterführt.

Findley legt mir eine Pranke auf den Rücken, als könne er spüren, dass ich am liebsten abhauen würde, und schiebt mich weiter ins Dunkle. Wir finden meine Eltern in einer Zelle, in der die Scheinwerfer der Filmcrew scharfe Schatten durch die Zellengitter werfen.

»In diesen Zellen wurden Kriegsgefangene festgehalten«, erklärt Mum, »und wenn man genau hinsieht, kann man noch heute ihre verzweifelten Botschaften ins Holz eingeritzt sehen. Aber natürlich ist das nicht das Einzige, was von ihnen zurückgeblieben ist.«

Ich höre ein dumpfes Klopfen wie von einer Faust gegen Eisengitter.

Niemand nimmt davon Notiz.

Ich greife nach meiner Kamera.

»Und Cut!«, ruft einer aus der Filmcrew.

Als Mum Findley und mich entdeckt, beginnt sie zu strahlen.

»Cassidy!«

»Da ist sie ja«, sagt Dad. »Gut gemacht, Findley, Sie haben sie rausgelockt.«

»Das war nicht sehr schwer«, erwidert er und wirft mir einen verschwörerischen Blick zu. »Ich glaube, ihr ist sowieso schon langweilig geworden.«

»Du hast wirklich was verpasst, die Gewölbe unter der South Bridge waren großartig!«, erzählt Mum und legt mir den Arm um die Schultern. Ich versuche, möglichst enttäuscht auszusehen, obwohl ich eigentlich nur erleichtert bin.

Und noch erleichterter bin ich, als sie die Filmaufnahmen für beendet erklären, wir den Kerker verlassen und wieder in den offenen Hof zurückkehren. Die Crew eilt gleich weiter zum nächsten Drehort, den Baracken, doch ich bleibe zurück. Nicht, weil ich Angst habe, sondern weil ich wieder Musik höre, hoch und süß und geheimnisvoll.

»Das liegt daran, dass da ein Dudelsackspieler ist«, klärt mich Jacob auf. Und er hat recht. Auf der Festungsmauer über uns steht ein Mann in einem Kilt und entlockt seinem Instrument leise klagende Laute.

An diesem Dudelsackspieler ist nichts Seltsames – warum also habe ich so ein komisches Gefühl? Vielleicht bilde ich mir das nur ein, suche nach den Monstern im Schrank, wie Mum sagen würde. Nach Gestalten im Dunkeln. Wahrscheinlich bin ich noch ein bisschen nervös nach dem, was vorher mit dem Mann in dem Winterhaus passiert ist. Dieses Weiterschicken von Geistern hat mich wohl doch ein bisschen aus der Bahn geworfen.

Das war schon echt heftig.

Vor einer Tür bleibt Dad stehen und fragt: »Cass? Kommst du?«

»Ich bin gleich da!«, antworte ich und deute auf das Schild zu den Toiletten. Jacob wartet draußen, während ich hineingehe. Ich setze die Kappe auf die Kameralinse und stelle sie auf die Ablage, während ich mir ein bisschen Wasser ins Gesicht spritze. Meine Nerven beruhigen sich etwas. Seufzend nehme ich die Kamera und gehe wieder hinaus.

Doch Jacob ist nicht mehr da.

Jacob?, rufe ich tonlos und dann noch einmal laut: »Jacob?«

Keine Antwort.

Als wäre er einfach *verschwunden*. Aber nach dem, was heute Morgen passiert ist, würde er das doch nicht so einfach noch mal tun.

»Jacob?«, rufe ich erneut, lauter diesmal.

Plötzlich macht der Dudelsackspieler eine Pause.

In diesem kurzen Moment kann ich Jacobs Stimme hören, doch sie ist seltsam dünn und schwach: »Cassidy …«

Ich drehe mich im Kreis und sehe mich suchend um. *Wo bist du?*

Warum kann ich ihn nicht sehen? Warum klingt seine Stimme so weit entfernt?

Und auf einmal weiß ich es: der Schleier.

Aber warum geht er ohne mich hinüber?

Ich komme!, denke ich und greife nach dem grauen Vorhang.

»Nein, blei…«, beginnt er, doch plötzlich bricht er ab, und ich ziehe den Stoff beiseite und stürze von einer Welt in die andere.

Kaltes Wasser und Taubheit verschlagen mir den Atem, dann bin ich durch. Einen Moment lang muss ich mich an das Licht gewöhnen, an die ergraute Welt und das Leuchten in meiner Brust.

Die Touristen wurden gegen Geistersoldaten ausgetauscht, die auf dem Burgplatz herumlaufen.

Und dann sehe ich einen Moment lang Jacobs erschrockenes Gesicht, bevor er rückwärts in den Kerker gezerrt wird.

Ich denke nicht nach.

Es kommt mir nicht einmal in den Sinn, wegzulaufen oder in irgendeine andere Richtung zu laufen als zu meinem besten Freund.

»Jacob!«, schreie ich und renne ihm nach.

Hinterher werde ich diesen Moment unglaublich bereuen. Ich werde bereuen, dass ich keinen Plan hatte. Dass ich die Kappe nicht von der Kameralinse genommen habe. Dass ich einfach losgerannt bin.

Aber in diesem Moment kann ich nur daran denken, Jacob zu retten.

Ich stürze mich in das dunkle Verlies.

Die Zellen dort sind nicht mehr leer.

Männer in zerlumpten Uniformen rütteln an den Eisengittern, aber ich schenke ihnen keine Beachtung, denn Jacob liegt in einer der hinteren Zellen am Boden und wird von einem halben Dutzend Kindern festgehalten.

Zwei von ihnen sehen aus, als gehörten sie in ein altes Gemälde, eines ist in Lumpen gehüllt. Andere sehen moderner aus, fast so, als könnten sie auf meine Schule gehen. Das Einzige, was sie gemeinsam haben, ist die fahle Haut und die Tatsache, dass sie meinen Freund angreifen.

Eine Hand legt sich über seinen Mund und seine Handgelenke werden von Knien auf den Boden gepresst. Ein frostbedeckter Junge sitzt auf seiner Brust, während die anderen versuchen, ihn am Boden zu halten.

»Geht weg von ihm!«, befehle ich und renne in die Zelle.

Jacob bekommt seinen Mund lange genug frei, um ein Wort zu rufen: »Lauf!«

Doch ich kann nicht, ich will nicht. Nicht ohne ihn.

»Lasst meinen Freund in Ruhe!«, sage ich drohend und hebe die Kamera. Doch die Verschlusskappe sitzt noch auf der Linse, und bevor ich sie abziehen kann, packt jemand mein Handgelenk, und eine Stimme flüstert mir ins Ohr: »Tut mir leid, Liebes. Aber sie hören nur auf mich.«

Die Hand packt fester zu und ich werde unsanft umgedreht. Einen Moment lang sehe ich nur ihren roten Mantel, dann glänzende schwarze Locken, weiße Haut und blutrote Lippen, die sich zu einem süßen Lächeln kräuseln.

»Hallo, meine Liebe«, säuselt Raven, der Rote Rabe. Ich weiß, dass ich mich wehren muss, aber ich kann nicht. Nicht, solange sie mich berührt und mir in die Augen sieht und ihre Stimme meinen Kopf mit Musik erfüllt.

»Du …«, murmle ich, aber ich kann nicht einmal meine Gedanken ordnen.

Mit einer Hand greift sie mein Kinn und hebt mein Gesicht zu ihr an. »So viel Licht, so viel Wärme.«

»Cassidy!«, schreit Jacob, was mich endlich wieder zur Besinnung bringt, doch es ist schon zu spät.

Die Frau in Rot verändert sich vor meinen Augen.

Ihr Mantel weht heftig wie in einem Windstoß und ihre Finger werden zu Klauen. Ihr Lächeln verändert sich, ist nicht mehr süß, sondern grausam, und dann stößt sie ihre Hand direkt in meine Brust.

Kälte überflutet mich, eine unerbittliche, eisige Kälte, schlimmer als am Grund des Flusses. Es ist, als hielten Finger aus Eis mein Herz umkrallt.

Ich kann nicht atmen, kann nicht sprechen, kann nichts tun. Ich muss zusehen, wie Raven ihre Hand herauszieht und mit ihr einen Faden aus bläulich weißem Licht. Mein Licht. Mein Leben.

Sie reißt es heraus.

Und alles wird schwarz.

TEIL VIER

Der Rote Rabe

Kapitel 20

Cass … Cassidy! Oh Gott, Cassidy, wach auf!«

Ich öffne die Augen und sehe Grau.

Einen Moment später erinnere ich mich wieder daran, wo ich bin, und dann erkenne ich, dass ich auf dem Rücken liege. Ich starre die dunklen, glatten Steine der Zellendecke an.

Neben mir sitzt Jacob und hat mich so fest an der Schulter gepackt, dass seine Nägel in meine Haut schneiden. Daran, dass ich seinen Griff nicht nur spüren kann, sondern ihn sogar schmerzhaft spüre, erkenne ich, dass irgendetwas nicht stimmt. Seine Hand auf meinem Arm ist richtig solide, wie aus Fleisch und Blut.

»Was ist passiert?«, frage ich. Meine Stimme ist nur ein schwaches Murmeln.

Jacob hilft mir, mich aufzusetzen. Als ich an mir heruntersehe, schnappe ich entsetzt nach Luft. Ich bin verwaschen, wie ein verblichenes Bild, wie Jacob, wie jeder andere Geist hinter dem Schleier. Aber nicht die fehlende Farbe beunruhigt mich. Es ist das fehlende Licht. Das Leuchten hinter meinen Rippen, dieses stete bläulich weiße Band aus Licht, ist *fort*.

Und plötzlich fällt mir alles wieder ein.

Der Rote Rabe. Raven.

Ihre Hand, die in meine Brust greift.

Der leuchtende Faden in ihren Fingern.

Und noch eine Erinnerung drängt sich mir auf – Lara, die die Hand auf ihre Brust legt.

Wir haben etwas, was sie wollen.

Wenn sie ein Leben wie deines in die Finger bekommt … das wäre katastrophal.

Ich rapple mich hoch, während sich die Gedanken in meinem Kopf überschlagen.

»Wo ist sie?«

In den Zellen zu beiden Seiten sitzen Geistergefangene, doch ich bemerke sie kaum, als ich die Treppe hinauf und auf den Burghof stolpere.

Der Platz ist voller Geistersoldaten mit Bajonetten, Männer in maßgeschneiderten Anzügen und Frauen in Korsettkleidern. Doch von Raven keine Spur.

Ich fasse nach dem Schleier, um ihn zur Seite zu ziehen und in die Welt der Lebenden zurückzukehren. Doch meine Finger greifen ins Leere.

Nein.

Nicht schon wieder!

»Cassidy«, sagt Jacob. Doch ich muss mich konzentrieren.

Ich schließe die Augen und versuche, mir den grauen Stoff unter meinen Fingern vorzustellen, wie der Schleier meine Hand streift und …

Ich bekomme etwas zu fassen, dünn zwar, aber es ist da.

Ich öffne die Augen und atme erleichtert auf, als ich den Schleier in meiner Hand sehe. Aber als ich versuche, den Stoff zur Seite zu ziehen, schaffe ich es nicht.

Ich finde die Öffnung im Schleier nicht.

Denn es gibt keine. Der Schleier windet sich um meine Finger und gibt unter dem Druck leicht nach, aber so sehr ich auch ziehe, er will mich nicht durchlassen. Ich werfe mich mit meinem ganzen Gewicht gegen den grauen Stoff, der sich dehnt und spannt, aber nicht reißt.

Kein Wunder, dass es Geistern so schwerfällt, unsere Welt zu berühren und dort irgendeinen Eindruck zu hinterlassen.

Aber ich bin kein Geist.

Ich bin ein Zwischendrinler. Ein Vermittler. Jemand, der den Schleier durchquert.

Das bedeutet doch, ich habe je einen Fuß auf beiden Seiten.

Das bedeutet doch, dass ich zurückkehren kann.

Ich muss einfach zurückkehren können.

Jacob sagt etwas, doch durch die Panik, die mich wie weißes Rauschen erfüllt, höre ich ihn nicht.

Und dann der Schock, als ich *sie* sehe.

Sie steht auf der anderen Seite des Hofes – und des Schleiers. Aber ich kann sie sehen, glasklar, als hätte jemand ein Fenster in den Nebel geschnitten. Ihren roten Mantel. Die schwarzen Haare. Mein Lebenslicht, um ihre Hand gewickelt.

Raven sieht mich durch den Schleier hindurch an und lächelt.

Dann dreht sie sich um und verschwindet in der Menge.

Ich kann sie nicht entkommen lassen.

Ich *darf* sie nicht entkommen lassen.

Doch sie ist bereits fort, und ich hämmere hilflos gegen den Schleier, der sich unter meinen Händen zu einer Mauer verdichtet.

Jetzt erst dringt Jacobs Stimme zu mir durch.

»Es tut mir so leid, Cass. Ich wollte dich warnen, dass es eine Falle ist. Du hättest nicht kommen dürfen.«

»Ich hatte keine Wahl«, antworte ich, aber meine Stimme klingt selbst in meinen Ohren dünn. Wieder sehe ich auf meine Hände. Sie sind nicht so hell, wie sie sein sollten. Nicht so farbig. Nicht so real.

Nein. Nein. Nein, hämmert es in meinem Kopf. Ich weiß nicht, ob es einfach Verdrängung ist oder die Tatsache, dass ich wie alle anderen Geister hinter dem Schleier feststecke und genau wie sie die Wahrheit nicht akzeptieren kann. Die Wahrheit, dass ich ohne dieses Licht, ohne dieses Leben … das Gegenteil von lebendig bin, ich bin … ich bin to…

»Nein!«, erklärt Jacob mit ungewohnter Heftigkeit. »Du bist *nicht* das Gegenteil von lebendig. Du hast nur vorübergehend kein Leben. Und das ist etwas völlig anderes. Beim Ersten ist dein Leben für immer weg, beim Zweiten nur an einem anderen Ort, also müssen wir es einfach finden und zurückholen.«

Normalerweise bin ich diejenige, die Jacob von seinen düsteren Gedanken abhält. Und obwohl er viel zu bemüht ist, als dass ich ihm wirklich glauben könnte, bin ich doch dankbar, dass er es versucht. Damit gibt er mir zumindest etwas, an dem ich mich festhalten kann.

»Cassidy?«

Der Klang meines Namens lässt mich herumfahren. Er kommt von weit her, verzerrt durch den Schleier klingt er dünn und hoch. Aber ich kenne diese Stimme. Seit Ewigkeiten. *Mum.*

Plötzlich bekommt meine Panik eine ganz neue Intensität.

»Mum!«, rufe ich zurück, doch meine Stimme klingt wie das Gegenteil eines Echos, gedämpft. Sie kann mich nicht hören.

Ich presse mich an den Schleier, versuche angestrengt hindurchzusehen, etwas in der Welt der

Lebenden zu erkennen. Es ist, als würde man sein Gesicht in eine Schüssel Wasser tauchen. Man bekommt keine Luft und alles ist verschwommen.

»Cassidy …?«

Dieses Mal ist es Dad, der mich ruft. Zuerst ist sein Ton gelassen, als ginge er davon aus, dass er mich gleich entdecken würde. Als wäre ich wieder einmal einfach nur davonspaziert. Wie schon früher. Doch mit jedem Mal, mit dem meine Eltern meinen Namen rufen, werden ihre Stimmen lauter, angespannter und besorgter.

»Ich bin doch hier!«, schreie ich, so laut, dass sich all die altmodischen Männer und Frauen im Hof nach mir umdrehen.

Aber vor dem Schleier rufen meine Eltern immer noch meinen Namen.

Ich kann sie sehen, aber sie mich nicht.

Ich kann sie hören, aber sie mich nicht.

Und plötzlich glaube ich, was Lara gesagt hat. Dass Geister nicht freiwillig hinter dem Schleier sind. Dass sie dort gefangen sind.

Geister bleiben nicht dort, weil sie es wollen.

Sie bleiben, weil sie nicht weiterkönnen.

Dad nimmt sein Telefon, und mein Herz schlägt schneller, als ich das Notfall-Handy aus meiner Tasche ziehe. Ich halte es so fest, dass mir die Finger wehtun. Aber ich weiß jetzt schon, dass es nicht funktionieren wird.

Dad wählt und wartet, aber das Telefon in meiner Hand klingelt nicht.

Neben meinen Eltern taucht Findley auf, dessen schottischer Dialekt nur als Flüstern durch den Schleier dringt.

» … ich bin sicher, dass sie nicht weit weg ist …«

Er hat ja keine Ahnung, wie recht er damit hat.

»Wir werden sie finden«, fährt er fort.

Verzweifelt wende ich mich an Jacob. »Du musst ihre Aufmerksamkeit erregen. Du musst irgendetwas tun da draußen!«

Jacob wird blass. »Aber Cass, ich konnte doch noch nie …«

»Bitte!«, flehe ich ihn an. »Du musst es versuchen!«

Jacob schluckt, nickt dann aber entschlossen und sagt: »Okay. Bleib hier!«

Als hätte ich eine Wahl.

Er streckt die Hand aus, und um seine Finger manifestiert sich der Schleier, fest, aber beweglich, nachgiebig. Als er sich gegen den Vorhang lehnt und der Nebel sich lichtet, kann ich die Welt dahinter für eine Sekunde sehen. Es funktioniert!

Doch dann beginnt Jacobs Hand zu zittern und der Schleier stößt ihn regelrecht von sich. Jacob taumelt zurück und meine Hoffnung verpufft.

»Das verstehe ich nicht«, sagt er und reibt sich die Finger.

Aber ich glaube, ich weiß, was passiert ist.

Jacob und ich waren immer miteinander verbunden, bildeten eine Einheit. Er konnte immer durch den Schleier gehen. Aber das war, als ich das auch konnte. Er konnte in meine Welt kommen und ich in seine. Aber jetzt sitze ich hier fest – und das gilt auch für ihn.

Vor uns taucht ein Geistersoldat auf und verstellt mir die Sicht. Der Schleier vibriert und die Welt dahinter verblasst wie ein Traum.

»Das hier ist kein Ort für Kinder«, knurrt der Soldat und deutet auf den Burghof. »Verschwindet, bevor ich euch in eine Zelle stecke.«

Die Stimmen meiner Eltern verstummen.

»Warte«, sage ich und versuche, an dem Soldaten vorbeizuschlüpfen. Doch er packt mich am Kragen und schubst mich gegen Jacob, sodass wir beide auf den Pflastersteinen landen. Unter dem finsteren Blick des Soldaten steht Jacob auf und hilft mir hoch.

»Komm schon«, flüstert er mir ins Ohr. »Hier können wir nicht bleiben.«

Aber ich kann auch meine Eltern nicht einfach so zurücklassen.

Jacob legt mir den Arm um die Schultern und drückt mich an sich. »Wir kriegen das schon hin.«

Seine Stimme ist wie ein Anker, seine Worte wie ein Rettungsfloß.

»Du hast recht«, sage ich.

Ich muss mein Leben zurückbekommen.

Also mache ich mich von ihm los und gehe auf das Tor der Burg zu, zwinge mich, meine Eltern, Findley und die Filmcrew zurückzulassen und dem Klang meines Namens den Rücken zu kehren. Jacob muss nicht fragen, wohin wir gehen. Er kann meine Gedanken lesen, deswegen weiß er es schon.

Wir brauchen Hilfe.

Kapitel 21

Manchmal findet man Hilfe an einem bestimmten Ort, manchmal bei einer bestimmten Person. Und manchmal braucht man ein wenig von beidem.

Wir rennen durch die Burg, bis wir unter dem Fallgitter hindurch und aus dem Haupttor hinaus sind.

Wir müssen zum Lane's End.

Wir müssen zu Lara.

Das Ende des breiten Burgaufgangs mündet in die Royal Mile. Das moderne Edinburgh ist fort, verschwunden hinter dem Schleier. Auf dieser Seite nimmt eine andere, ältere Stadt Gestalt an, voller … nun ja, nicht Leben, aber voller Bewegung.

Das hier ist die wahre Stadt der Geister.

Sie sind überall. Manche in moderner Kleidung und manche in altmodischer. Vor meinen Augen spielen sich ein Dutzend Szenen ab, und es wird klar, dass Lara recht hat. Jeder Geist ist in seiner eigenen Zeit und seiner eigenen Endlosschleife gefangen.

Unter einem Meer von Regenschirmen haben sich die Gäste einer Trauergemeinschaft versammelt.

Eine Frau in einem langen Kleid schiebt einen verschnörkelten Kinderwagen vor sich her und singt leise für den darin verborgenen Inhalt.

»Komm sofort zurück!«, ruft ein Mann. Ich drehe mich um, weil ich glaube, dass er mit mir redet, doch gleich darauf schießt ein kleiner Junge an uns vorbei, im Arm einen Laib Brot. Der Verkäufer rennt dem Jungen hinterher, der in diesem Moment auf die Straße läuft, direkt vor eine Pferdekutsche.

Ich will ihn noch am Arm packen, doch es ist schon zu spät. Der Junge stolpert, das Pferd bäumt sich auf, und ich kneife die Augen zu, während ich auf den Zusammenprall und die Schreie warte, doch sie kommen nicht.

Als ich wieder hinsehe, sind der Junge, der Mann und die Kutsche verschwunden. Irgendwo beginnt diese Schleife von Neuem.

»Komm weiter, Cass«, drängt Jacob und nimmt mich an der Hand.

Als wir von der Royal Mile abbiegen, flackert die Welt um uns herum und verändert sich. Es ist, als würde man in einem unendlich großen Haus von einem Raum in den nächsten gehen. Manchmal ist es nur eine leere graue Fläche, dann wieder so voller Geister und Erinnerungen, dass man sich kaum noch auf den Weg konzentrieren kann.

Eine altmodisch gekleidete Frau kommt aus einer Haustür gelaufen.

Aus einem Haus an der Straßenecke steigt Rauch auf.

Ein Mann mit einer Kapuze warnt die Menschen, drinnenzubleiben.

So lange war ich noch nie hinter dem Schleier. Eigentlich sollten die Dinge für mich immer verschwommener werden, doch stattdessen sehe ich immer klarer. Mir ist nicht schwindlig, ich bin nicht benommen oder fühle mich verloren. Ich verspüre nichts von dem, was ein Lebender spüren sollte, wenn er zu lange im Totenreich bleibt.

Mir ist klar, dass das ein schlechtes Zeichen ist, und Jacob weiß es auch, denn er lässt meine Hand nicht mehr los, während wir zum Lane's End laufen. Doch je näher wir unserem Ziel kommen, desto mehr habe ich das Gefühl, in die falsche Richtung zu gehen. Was völlig unlogisch ist.

Dreh um, sagen meine Beine.

Geh da lang, sagen meine Arme.

Folge mir, sagt mein Herz.

Doch ich kann ihnen nicht trauen, nicht hier hinter dem Schleier.

Vor uns taucht das Lane's End auf, und ein kleiner Schluchzer der Erleichterung bricht über meine Lippen, so froh bin ich, die rote Tür zu sehen.

Ich versuche, nicht darüber nachzudenken, was es

bedeutet, dass das Lane's End auch hinter dem Schleier existiert. Irgendjemand muss hier die letzten Momente seines Lebens verbracht haben.

Ich reiße die Tür auf und schreie »Lara!« durch den Flur.

»Lara!«, schreit auch Jacob, während wir die Treppe zu 1A hochrennen.

Wahrscheinlich kann sie uns durch den Schleier gar nicht hören, aber wir rufen dennoch.

Die Tür zu ihrer Wohnung steht offen, also treten wir ein. Die Räume sehen älter aus, merkwürdiger und voller Bücherstapel. Auch die Tapete ist anders. Natürlich ist das hier hinter dem Schleier nicht Laras Wohnung. Aber im Moment kann ich ihr nirgendwo näher kommen.

Ich kann nur hoffen, dass es nah genug ist.

Ich drücke gegen den Schleier, versuche, durch den Nebelvorhang zu sehen, der mit jedem Augenblick dichter zu werden scheint. Als die Welt dahinter schließlich erkennbar wird, ist sie verzerrt wie zwei Filmstreifen, die nicht richtig aufeinanderliegen.

Meine Hoffnung sinkt, denn verzerrt oder nicht, ich kann sehen, dass die Wohnung leer ist.

Das sollte mich eigentlich überraschen, tut es aber nicht. Ich wusste, dass sie nicht hier sein würde. Ich weiß nur nicht, warum ich das wusste.

»Hallohallo«, sagt eine tiefe Stimme hinter uns.

Jacob zuckt zusammen und ich fahre herum und

sehe einen alten Mann in einem Morgenmantel. Er hat eine Pfeife zwischen den Zähnen und ein Buch unter einem Arm. Dass er ein Geist ist, ist offensichtlich, aber irgendetwas an ihm ist … seltsam solide. Präsent. Bei dem trauernden Vater in seinem Haus war es offensichtlich, dass wir in seiner Erinnerung waren. Selbst als er mit mir geredet hat, war das wie durch einen dichten Nebel.

Aber dieser Mann scheint nicht in einer Erinnerungsschleife festzuhängen. Als er mich und Jacob ansieht, besteht kein Zweifel daran, dass er uns wirklich sieht.

»Kann ich euch helfen?«, fragt er freundlich.

»Ich … ich suche Lara«, stammle ich.

»Oh, ich fürchte, meine Nichte ist nicht zu Hause.«

»Ihre Nichte?«

»Wie unhöflich von mir«, sagt der Mann und streckt die Hand aus. »Ich bin Reginald Weathershire. Meine Freunde nennen mich Reggie.«

Natürlich. Mr Weathershire.

Das Lane's End. Das hier muss *seine* Zwischenwelt sein.

»Cassidy Blake«, stelle ich mich vor und schüttle ihm die Hand.

Mr Weathershire runzelt die Stirn. »Lara hat mir von dir erzählt. Aber …« Er schüttelt den Kopf. »Sie sagte, du seist … wie sie«, vollendet er und deutet auf meine Brust, wo das Licht leuchten sollte.

»Ich bin kein Geist«, erkläre ich, obwohl ich vor dem Wort zurückschrecke. »Es war nur ein echt langer Tag.«

»Hi, ich bin Jacob«, wirft Jacob ein. »Und wir wollen wirklich nicht unhöflich sein, aber wir haben es etwas eilig. Wissen Sie vielleicht, wohin Ihre Nichte gegangen ist?«

Mr Weathershire schüttelt den Kopf. »Ich fürchte, ich komme heutzutage nicht mehr viel aus dem Haus.«

In mir steigt die Panik wie Wasser auf.

Wie soll ich Lara nur finden?

Langsam drehe ich mich im Kreis, während ich überlege, was wir tun sollen. Doch der Schleier liefert mir keine Antworten. Ich schließe die Augen und zwinge mich, ruhig zu atmen, konzentriere mich darauf, die Luft in meine Lungen zu saugen, das Ziehen in meiner Brust zu spüren …

Moment.

Ein Ziehen?

Ja, da ist es, hinter meinen Rippen, das gleiche Ziehen, das ich gespürt habe, als ich Lara das erste Mal gesehen habe. Als ob wir mit einem Faden miteinander verbunden wären. Genau das fühle ich jetzt auch, nur dass es mich nicht in die Wohnung zieht, sondern in den Flur und die Treppe hinunter.

»Wir müssen gehen.«

»Wohin?«, fragt Jacob.

»Ich glaube, ich weiß, wo wir sie finden«, sage ich und gehe schon zur Tür.

Doch etwas lässt mich noch mal zurückblicken.

Mr Weathershire stellt gerade sein Buch in eine Lücke im Regal. Wenn es nach dem geht, was Lara gesagt hat, dann ist er ein Geist und sollte deswegen weitergeschickt werden. Aber er kommt mir nicht verloren vor. Er macht nicht den Eindruck, als wäre er gefangen.

»Warum sind Sie hier?«, frage ich.

Er sieht mich freundlich an. »Ich schätze, ich bin noch nicht bereit, Lebewohl zu sagen.«

»Und Lara lässt Sie einfach bleiben?«

Er lacht leise. »Wir brauchen wohl alle jemanden, der uns wirklich sieht.«

Hm. Vielleicht hat Lara doch irgendwo ein weiches Herz.

»Und vielleicht bin ich Skull Shooter«, knurrt Jacob. »Ich will ja nichts sagen, Cass, aber Laras innerer Hufflepuff ist mir gerade ziemlich egal. Ich will nur, dass du dein Leben zurückbekommst, und dafür brauchen wir sie.«

Da hat er natürlich recht.

Ich folge dem Sog, lasse mich davon die Treppe hinunter und auf die Straße ziehen. Mum sagt immer, man solle seinem Instinkt vertrauen, also tue ich das jetzt auch.

Habt ihr schon mal auf dem Gipfel eines Berges

gestanden? Man hat dort das natürliche Verlangen, nach unten zu gehen, die Beine bewegen sich immer schneller, wenn man losgeht, und die Schwerkraft zieht einen immer weiter, weiter, weiter, hinunter zum Fuß des Abhangs.

Genauso fühlt es sich jetzt an.

Als wäre Lara der Fuß des Hügels und ich werde zu ihr gezogen.

Ich muss nur meinen Füßen vertrauen und laufen.

Kapitel 22

Ich weiß, es klingt verrückt«, sage ich und erkläre Jacob das Ziehen, während wir durch die Geisterstadt laufen.

Jacob zuckt mit den Achseln. »Das ist bei Weitem nicht das Verrückteste, was heute passiert ist.«

Ich lache – kurz und überdreht –, und er stupst mich mit der Schulter an.

Um uns herum fließt und wabert der Schleier, Gebäude tauchen auf und verschwinden, Geister ziehen vorüber. Ich hätte schon auf meine Knochen hören sollen, als sie mir gesagt haben, dass ich in die falsche Richtung gehe. Jetzt lasse ich mich von ihnen führen. Ich ignoriere den Zug nicht mehr, diese innere Stimme, die mir sagt, wo ich langmuss. Meine Füße tragen mich, und mit jedem Schritt spannt sich die Verbindung zwischen Lara und mir immer straffer und straffer, bis … sie sich plötzlich lockert.

Abrupt bleibe ich stehen.

Ich muss in die falsche Richtung gegangen sein und gehe ein paar Schritte zurück, bis ich die Spannung wieder spüre. Dann versuche ich es erneut, doch egal, wohin ich von hier aus gehe, die Verbindung wird schwächer.

Hier, genau hier, soll ich sein.

Das Problem ist nur, *hier* ist gar nichts.

Die Welt hinter dem Schleier ist leer, ich sehe nur schemenhaft die Straße und die Umrisse von Häusern, die nur auf der anderen Seite des Schleiers existieren. Es ist wie in einem dieser Gemälde, bei denen man am Rand noch die Linien der Skizze sieht. Das hier ist so ein Rand, ein Punkt, an dem der Schleier und die reale Welt einander nicht überlappen.

Ich blinzle und versuche, auf die andere Seite zu sehen, doch es wird immer schwerer, etwas durch den Schleier zu erkennen. Wenn ich es versuche, ist alles irgendwie unscharf und …

Unscharf.

Mir kommt eine Idee.

Ich habe immer noch meine Kamera bei mir. Es mag eine seltsame Kamera sein, eine, die etwas weniger und gleichzeitig etwas mehr sieht. Aber wie jede Kamera hat sie einen Zoom, damit man Dinge scharf stellen kann, die entweder sehr nah oder weit entfernt sind. Wie der Schleier und die reale Welt.

Ich hebe den gesprungenen Sucher ans Auge und drehe die Linse, bis der Schleier vor mir verschwimmt.

Einen Moment lang ist das ganze Bild unscharf, doch ich drehe weiter an der Linse, bis der Schleier durchsichtig wird und die Welt dahinter klar erkennbar.

Wäre ich jetzt in der realen Welt, würden wir uns in einem Buchladen befinden.

Blackwell's steht auf einem schwarz-blauen Schild an der Wand.

»Komm mit«, sage ich zu Jacob.

Er legt mir die Hand auf die Schulter und mit dem Auge am Sucher winde ich mich durch die Bücherregale und Kunden.

Nach unten, sagt der Zug in meiner Brust, und ich nehme die Treppe. Ich bewege mich in einer Welt, die ich sehen, aber nicht berühren kann, gehe durch Menschen hindurch, als seien sie gar nicht da – obwohl doch eigentlich ich es bin, die verloren gegangen ist.

Als wir unten an der Treppe angekommen sind, entdecke ich Lara im Café des Buchladens. Sie sitzt an einem kleinen runden Tisch, rührt in einer Teetasse und liest ein Buch.

»Lara!«, schreie ich in der Hoffnung, dass ihre Sinne schärfer sind als meine.

Sie blickt auf, und einen Moment lang schöpfe ich Hoffnung, doch dann sieht sie wieder in ihr Buch.

»Lara, bitte!«

Das bringt nur ein leises Stirnrunzeln hervor.

Ich strecke die Hand aus und schubse sie, so fest ich kann. Zumindest versuche ich es. Meine Hand trifft den Schleier, der sich jetzt mehr wie Glas anfühlt als wie Stoff. Das Glas zittert, aber es gibt nicht nach oder bricht.

Lara steht auf, klappt das Buch zu und will gehen.

Nein!

Wir folgen ihr aus dem Café.

»Lara Lara Lara Lara Lara!«, ruft Jacob, als sie in einen leeren Gang einbiegt, wo sie auf dem Absatz kehrtmacht und geschmeidig durch den Schleier tritt.

»Was ist?«, zischt sie.

Ich lasse die Kamera an ihrem Riemen fallen. Der Buchladen erscheint wie das Nachbild bei einem Blitz vor meinen Augen, erst hell, dann fort – hell, dann fort.

Aber Lara ist da.

Real.

»Dann hast du uns also doch gehört«, sagt Jacob.

»Ja, ich habe dich gehört, Geist«, faucht sie ihn an.

»Mein Name ist Jacob!«, fährt er auf.

Für so etwas habe ich jetzt wirklich keine Zeit.

»Lara«, sage ich, »wir haben ein Problem.«

Erst jetzt richtet sie ihre Aufmerksamkeit auf mich, und ich sehe, dass ihr schon eine passende Antwort auf der Zunge liegt. Doch als sie bemerkt, wie grau, verblasst und lichtlos ich bin, verstummt sie. Zum ersten Mal, seit ich sie kenne, ist Lara wirklich überrascht. Ich hätte es nicht für möglich gehalten, dass irgendetwas sie sprachlos machen kann, und ich bin mir nicht sicher, ob ich jetzt stolz oder entsetzt sein soll.

»Cassidy …«, stammelt sie.

Ich erwarte, dass mein Zustand ein wenig Mitgefühl in ihr auslöst, doch ich werde von ihren nächsten Worten überrascht: »Was hast du *getan*?«

»Ich habe gar nichts getan!«, erwidere ich.

»Ich habe dich doch gewarnt«, sagt Lara und stemmt die Hände in die Hüften. »Ich habe dir gesagt, du sollst dich von Raven fernhalten. Und du …« Damit wendet sie sich an Jacob. »Ich habe *dir* gesagt, du sollst auf sie aufpassen. Da lässt man dich eine Stunde allein, und du gehst und verlierst deinen Lebensfaden?«, wirft sie mir vor.

»Das ist jetzt nicht wirklich hilfreich«, beschwere ich mich leicht panisch.

»Was hast du dir dabei gedacht?«, fährt Lara fort. »Wo war deine Kamera?«

Ich ziehe den Kopf ein. »Die Verschlusskappe war auf der Linse.«

Lara hebt beide Hände hoch. »Na, ist ja toll, Cassidy.« Seufzend zwickt sie sich in die Nase. »Wie hast du mich überhaupt gefunden?«

»Ich weiß nicht«, antworte ich. »Ich wusste irgendwie, wo du bist. Es ist wie ein Faden, der zwischen uns gespannt ist.«

Lara nickt und kneift die Augen zusammen. Mittlerweile weiß ich, dass das ihr Nachdenkgesicht ist.

»Irgendwie logisch, dass wir zueinander hingezogen werden. Gleich und gleich gesellt sich schließlich gern. Ich habe es auch gespürt, wusste aber nicht, dass das tatsächlich einen Zweck hat …«

»Ich will ja euer Brainstorming nicht unterbrechen«, wirft Jacob ein, »aber Cass ist gerade ein GEIST!«

»Jetzt werde mal nicht so dramatisch«, verlangt Lara. »Du steckst nur im Schleier fest«, erklärt sie mir. »Dein Lebensfaden wurde gestohlen. Wir müssen ihn eben zurückstehlen. Erzähl mir genau, was passiert ist.«

Und das tue ich.

Ich erzähle ihr von der Burg, von den gruseligen Kindern, der roten Raven und wie sie mein Leben gestohlen hat. Lara hört sich die ganze Geschichte schweigend an, die Arme vor der Brust verschränkt und den Blick nach oben gerichtet. Und das tut sie auch noch, als ich fertig bin.

»Sag doch was!«, flehe ich sie an, als sich eine unangenehme Stille über uns legt.

»Ich denke nach.«

»Denk schneller!«, verlangt Jacob.

Plötzlich beginne ich zu zittern, und einen Moment lang schmerzen meine Lungen, und die Welt verschwimmt vor meinen Augen. Mir so kalt, dass ich mir nicht vorstellen kann, je wieder warm zu werden.

»Cass?«, fragt Jacob besorgt. »Was war das?«

»Ich weiß nicht«, flüstere ich und gebe mir alle Mühe, das Zittern in meiner Stimme zu verbergen. Aber als ich auf meine Hände sehe, stelle ich fest, dass sie … grauer geworden sind.

»Du siehst echt nicht gut aus«, stellt Lara fest, was mir gerade nicht wirklich weiterhilft. Ihr eigenes Licht leuchtet hell in ihrer Brust.

»Ich will mein Leben zurück«, sage ich mit klappernden Zähnen.

Lara beißt sich auf die Lippe. »Na gut. Willst du erst die gute oder erst die schlechte Nachricht?«

»Ich könnte jetzt echt ein paar gute Neuigkeiten vertragen.«

»Die gute Nachricht ist, dass Raven dein Leben noch nicht *besitzt*. Es gehört noch dir. Sie hat es nur ›geliehen‹.«

»Und die schlechte?«

Lara zögert. »Die schlechte Nachricht ist, was sie damit tun wird.«

Am liebsten würde ich gar nicht fragen, aber mir bleibt nichts anderes übrig.

»Was wird sie denn damit tun?«

»Na ja«, antwortet Lara, »um dein Leben zu besitzen, muss sie ihre eigene Leiche ausgraben und dein Licht hineinsetzen. Ich schätze, das ist wohl in gewisser Weise auch eine gute Nachricht, denn das dauert eine Weile, also haben wir etwas Zeit. Aber genau das ist auch die schlechte Nachricht. Wenn sie deinen

Lebensfaden in ihren Körper setzt, kann man das nicht mehr rückgängig machen.« Lara sieht auf die Uhr. »In Edinburgh gibt es fünf historische Friedhöfe, wir können also davon ausgehen, dass sie auf einem davon ist …«

Wegen dem ganzen Hin und Her zwischen schlechten und guten Nachrichten fällt es mir erst einen Moment später ein: Ich kenne die Antwort auf diese Frage. Findley hat es mir gesagt.

»Sie ist auf dem Greyfriars-Friedhof begraben.«

Laras Gesicht hellt sich auf. »Nun, das ist ein Schritt in die richtige Richtung. Greyfriars ist nicht weit von hier. Gehen wir!«

Lara läuft los, doch ich halte sie am Arm zurück.

»Warte! Du kannst nicht mit uns kommen.«

»Aber ihr braucht mich!«

Da hat sie recht. »Ich weiß. Aber vorher musst du noch etwas für mich tun.«

»Was könnte denn wichtiger sein als …«

»Du musst meine Eltern finden.«

Lara wird blass. »Was?«

»Sie sind in der Burg – da waren sie zumindest – such nach dem Filmteam und Findley und …«

»Und was genau soll ich ihnen bitte sagen?«, entrüstet sich Lara. »Dass ihre Tochter von einer gruseligen schottischen Legende verschlungen worden ist?«

Ich überlege kurz, ob Mum und Dad das tatsächlich glauben würden. Aber ihr Interesse für Übernatürliches hat durchaus seine Grenzen.

»Sag ihnen nur, dass es mir gut geht …«

»Ich halte nicht viel von Lügen.«

»Dann mach eine Ausnahme. *Bitte*!«

Lara schüttelt den Kopf, sagt aber: »Na gut.«

Ich schlinge beide Arme um sie, woraufhin sie erst erstarrt, mir dann aber leicht auf den Rücken klopft. Ich versuche, nicht darüber nachzudenken, wie anders sie sich anfühlt, wie viel solider und realer als ich selbst.

»Ich erzähle ihnen irgendetwas«, sagt sie und macht sich von mir los, »und dann treffe ich euch auf dem Friedhof von Greyfriars.« Damit dreht sie sich um und hebt eine Hand zum Schleier. Doch bevor sie den Vorhang teilt, sieht sie noch einmal zu mir.

»Cassidy?«

»Ja?«

»Wir kriegen das wieder hin«, verspricht sie.

Dann bebt der Schleier kurz und sie ist fort.

Kapitel 23

Hinter dem Schleier scheint keine Sonne, es herrscht nur ein schwaches graues Leuchten, aber der Himmel um uns herum wird trotzdem dunkler, als Jacob und ich uns der Greyfriars-Kirche nähern. Als würde jemand einen riesigen Schatten über alles werfen.

Nebelfetzen ziehen durch die Straßen und plötzlich wirkt die Anwesenheit all der Geister hier bedrohlich.

Ich halte die Kamera mit beiden Händen fest, die Verschlusskappe gelöst und die Linse bereit, falls wir Schwierigkeiten bekommen sollten.

»Ich nehme mal an, wir haben überhaupt keinen Plan«, meint Jacob.

»Klar haben wir einen«, erwidere ich in der Hoffnung, ermutigend zu klingen. »Der Plan ist, Raven aufzuhalten und mein Leben zurückzubekommen.«

»Ich sage es ja nicht gerne, aber keiner von uns hat gerade eine physische Gestalt.«

»Ich weiß.«

»Und Raven ist auf der anderen Seite des Schleiers.«

»Weiß ich auch.«

»Und wir können nicht …«

»Ich weiß!«, schreie ich so heftig, dass Jacob zusammenzuckt.

Ich hole tief Luft. »Aber ich habe sie im Burghof gesehen. *Nachdem* sie den Schleier durchquert hat.«

»Und?«

»Sie war *hinter* dem Schleier, aber ich konnte sie trotzdem noch sehen, ohne mich auch nur anzustrengen.«

Jacob runzelt die Stirn. »Und was soll das bedeuten?«

»Das weiß ich nicht genau«, gebe ich zu. »Aber ich glaube, es heißt, dass sie jetzt so ist wie ich.« Jacob will protestieren, aber ich hebe eine Hand. »Ich meine, dass sie jetzt auch einen Fuß auf jeder Seite hat. Ich glaube, ein Teil von ihr ist immer noch mit dem Schleier verbunden. Und das bedeutet hoffentlich, dass es für uns einen Weg gibt, sie auf diese Seite zurückzuholen.«

Ich muss nicht Jacobs Gedanken lesen können, um zu wissen, was er denkt. Denn die gleiche Sorge nagt auch an mir.

Was ist, wenn wir es nicht schaffen?

Aber netterweise sagt er das nicht laut.

Immer eines nach dem anderen, denke ich. Zuerst mal müssen wir zum Friedhof.

»In eure Häuser!«, ruft eine Stimme. Als ich mich danach umdrehe, sehe ich eine Gruppe Menschen mit Kapuzen und grotesken Masken, die aussehen wie Vogelgesichter mit langen Schnäbeln. Sie haben Laternen dabei, aus denen statt Licht Rauch strömt. »Schützt euch vor der Krankheit«, ruft einer von ihnen. »Seid wachsam …«

»Du bist ja eine Hübsche!«, säuselt eine alte Frau ohne Zähne und hält mir einen Strauß verwelkter Blumen hin. »Klatschmohn für die Kleine. Komm her, komm her …«

Ich weiche zurück und stoße dabei fast mit einem Soldaten zusammen. Er lehnt mit ein paar Kameraden an der Wand. Sie haben die Jackenkragen aufgestellt, als müssten sie sich vor einem eisigen Wind schützen. Ich spüre nichts davon, aber sie schaudern, und ihr Atem hängt in dicken Wolken vor ihnen in der Luft. Als sie mich ansehen, murmle ich schnell eine Entschuldigung, bevor wir weitereilen.

Wäre ich eine gute Geisterjägerin, würde ich stehen bleiben und diese Menschen weiterschicken. (Andererseits, wenn ich eine gute Geisterjägerin wäre, wäre ich wahrscheinlich gar nicht erst in diese Situation geraten.)

Ich rufe mir den Stadtplan in Erinnerung, um meine Nerven zu beruhigen. Wir sind fast am Friedhof. Wir müssen nur noch über die Straße, eine Kopfsteinpflastergasse entlang und dann …

Plötzlich taucht wie aus dem Nichts eine Hand auf und greift mit knochigen, schmutzigen Fingern nach meinem Arm. Sie gehört einem Mann in einem Gitterwagen. Er verzieht das Gesicht zu einer grinsenden Grimasse.

»Lass mich hier raus, Kleine!«

»Lass sie los!«, verlangt Jacob und zerrt am Arm des Gefangenen.

Doch die dreckigen Finger halten mich nur noch fester.

»Lass mich hier raus oder ich brech dir …«

Ich überlege nicht lange, sondern reiße die Kamera hoch und halte sie ihm vors Gesicht. Er blickt in die Linse und lässt mich so abrupt los, dass ich das Gleichgewicht verliere und zurücktaumle. Jacob fängt mich auf, doch dabei rutscht der Kamerariemen von meiner Schulter, und die Kamera selbst fällt aufs Pflaster.

Mein ganzer Körper verkrampft sich vor Angst, dass sie kaputtgehen könnte, aber sie landet auf dem Rücken, mit der Linse nach oben. Schnell tauche ich unter den Händen des Gefangenen hindurch, um sie aufzuheben.

Ich habe nicht vor, in die Linse zu sehen.

Oder besser gesagt, ich denke nicht daran, nicht hineinzusehen.

Doch sobald ich mein Spiegelbild in dem silbrigen Glas sehe, kann ich an nichts anderes mehr denken, und dann …

… bin ich wieder im Fluss, meine Lungen füllen sich mit eisigem Wasser, und dieses Mal rettet mich niemand.

Dieses Mal komme ich nicht wieder an die Oberfläche.

Dieses Mal entfernt sich das Licht immer weiter und weiter, und ich sinke tiefer und tiefer und tiefer, bis …

… alles schwarz ist.

Und ich brauche einen Moment, um zu realisieren, dass das keine echte Dunkelheit ist, sondern Jacobs Hand über meinen Augen, und dann höre ich auch seine Stimme, die mir ins Ohr ruft: »Du lebst. Du lebst! Du lebst!«

Schaudernd komme ich wieder zu mir. Ich knie keuchend auf der Straße und die Pflastersteine drücken gegen meine Schienbeine. Aber ich bin hier. Real. Lebendig. Oder so lebendig, wie ich es eben gerade sein kann.

»Danke«, stoße ich hervor. Meine Stimme zittert, doch Jacob tut, als würde er es nicht merken.

»Regel Nummer 33«, sagt er grinsend.

»Freunde lassen einander nicht in Spiegelbildern festhängen?«

»Genau die.«

Ich weiß, dass er mich zum Lachen bringen will, aber ich kann nur an die grässliche Kälte denken, die ich gespürt habe, und an das Wissen, wie dieser Tag damals hätte enden können. Hätte enden sollen. Geendet hat …?

»Stopp!«, verlangt Jacob, der meine Gedanken gelesen hat. »Hat er nicht. Und wird er nicht. Nicht so. Auf keinen Fall. Und jetzt komm, wir sind fast da.«

Er hat recht.

Der Eingang zum Greyfriars-Friedhof ist nur wenige Meter von uns entfernt. Noch eine Kurve und eine abschüssige Straße entlang. Ich nehme meine Kamera und hänge mir den lila Riemen um den Hals. Diesmal achte ich sorgfältig darauf, dass die Linse von mir weg zeigt.

Kein Wunder, dass Jacob immer wegsieht und nie direkt ins Objektiv.

Wir gehen um die Ecke und dann die Straße hinunter. Vor uns taucht das schmiedeeiserne Tor des Friedhofs auf. Ein Junge und ein Mädchen stehen dort vor den Metallstangen und scheinen zu warten.

Das Mädchen ist groß und blond, trägt Jeans, ein Sweatshirt und einen Slytherin-Schal. Sie sieht aus, als wäre sie direkt aus dem Elephant-House gekommen. Doch der Junge stammt aus einer anderen Zeit. Er hat schwarzes Haar und traurige Augen und sieht aus, als wäre er dem Gemälde einer längst vergangenen Zeit entsprungen. Sie sind völlig unterschiedlich, doch sie haben beide die gleichen ausdruckslosen Gesichter. Und den gleichen Frost, der sich über ihre Haut zieht.

Ich werde langsamer. Jacob auch.

»Vielleicht wollen sie nur mit uns reden …«, meint er.

»Vielleicht«, sage ich, aber viel Hoffnung habe ich nicht.

Das Mädchen richtet sich auf und starrt uns an.

Der Junge stößt sich vom Gittertor ab und nimmt die Hände aus den Taschen. Als er auf uns zukommt, fällt mir auf, dass ich ihn schon einmal gesehen habe. Auf einem verblichenen Foto in der Hand eines alten Mannes in einem kalten Haus.

Wenn du meinen Jungen siehst …

»Hi Matthew«, sage ich, als wir näher kommen. Doch er blinzelt nicht einmal, reagiert überhaupt nicht auf den Namen.

Kennt ihr den Ausdruck: *Keiner zu Hause*?

Genau so kommt es mir vor, als die beiden uns mit ihren leeren Augen ansehen.

»Gibt es hier eine Art Passwort?«, fragt Jacob. »So was wie *Sesam öffne dich*?«

Hinter dem Tor höre ich das Geräusch einer Schaufel, die in der Erde gräbt. Ich will an dem Jungen vorbeigehen, doch er verstellt mir blitzschnell den Weg.

Ich nehme die Kamera in die Hand. »Tut mir leid«, sage ich und halte sie ihm vors Gesicht. Leer starrt er in die Linse.

»Sieh und höre«, fange ich an.

Der Junge legt den Kopf schief.

»Schau hin und erkenne.«

Er blinzelt langsam.

»Das ist, was du bist.«

Er rührt sich nicht, als ich in seine Brust greife, um seinen Faden herauszuziehen.

Doch meine Finger greifen ins Leere.

Kein Faden. Kein Band.

Nur Leere.

Vielleicht habe ich es falsch gemacht. Vielleicht …

Plötzlich schießt die Hand des Jungen vor und klammert sich um meinen Hals.

Es geschieht blitzschnell. Unsanft schiebt er mich rückwärts gegen eine Mauer.

Ich habe mal ein bisschen Selbstverteidigung gelernt, in so einem Nachmittagskurs. Das meiste war selbstverständlich (nicht mit Fremden reden, Erwachsene meiden, die einem Süßes oder kleine Welpen anbieten), aber gegen Ende haben sie uns auch gezeigt, wie man sich aus dem Griff eines Angreifers befreien kann. Schade nur, dass ich mich in diesem Augenblick überhaupt nicht mehr daran erinnern kann.

Zum Glück muss ich das auch nicht.

Jacob stürzt sich auf den Jungen und die beiden gehen zu Boden.

Ich taumle und schnappe keuchend nach Luft, als das Mädchen schon auf mich zukommt. Schnell ducke ich mich unter ihren Armen hindurch und zerre Jacob hoch.

Und dann tun wir das Einzige, was wir können.

Wir rennen.

Kapitel 24

Plan?«, fragt Jacob, während wir die Straße entlang am Friedhof vorbeilaufen.

»Ich arbeite dran«, keuche ich. Meine Kamera baumelt wild um meinen Hals.

Es hätte funktionieren sollen.

Warum hat es nicht funktioniert?

»Irgendetwas stimmt mit denen nicht«, sage ich.

»Du meinst, außer der Tatsache, dass sie uns jagen?«

Wir erreichen das Ende der Straße und kommen schlitternd zum Stehen.

»Oh nein!«

Auf der anderen Seite des Schleiers konnte ich immer sein Gewicht spüren, und dieser Druck hat mich vor Orten gewarnt, an denen es besonders viele Geister gab. Aber auf dieser Seite fühle ich nichts.

Deswegen habe ich nicht gemerkt, wohin wir gelaufen sind.

Der alte Marktplatz.

Auf der anderen Seite des Schleiers ist der Grassmarket ein geschäftiger Platz voller Touristen und Bars, offen, hell und voller Geschichten.

Hier ist er noch genau das, was er früher einmal war: eine Hinrichtungsstätte.

Ein Ort, an dem Hunderte Männer und Frauen ihr grausames Ende gefunden haben.

Auf dem Platz wimmelt es nur so von Geistern, die sich alle um ein hölzernes Podest drängen.

»Umleitung!«, flüstert Jacob, doch ich höre schon den Jungen und das Mädchen hinter uns. Wir können nirgendwo hin, außer mitten hindurch.

Also nehme ich Jacob an der Hand, und wir drängen uns durch die dichte Menge, als gerade ein Mann zum Schafott geführt wird. Um seinen Hals hängt eine grobe Schlinge.

Ich wende mich ab und vergrabe das Gesicht an Jacobs Schulter. Einige Dinge muss man wirklich nicht sehen.

Doch die Hinrichtung findet nicht statt.

Stattdessen breitet sich eine gespenstische Stille aus. Und als ich aufsehe, starre ich in hundert Gesichter. Die Menge sieht nicht länger den Mann auf dem Podest an.

Sie sehen uns an.

Eine Frau kommt auf uns zugeschlurft.

»Raven ist hier vorbeigekommen …«

Ein Mann rückt näher.

»Sie hat gesagt, sie wird uns befreien …«

Ein Kind hüpft auf und ab und dreht sich im Kreis.

»Und alles, was wir dafür tun müssen, ist …«

Eine alte Frau greift nach meinem Ärmel.

»… ist dich festzuhalten!«

Ich schreie auf und halte meine Kamera wie einen Schild hoch. Die alte Frau taumelt zurück, als hätte ich sie geschlagen.

Jacob packt mich am Arm und zieht mich weiter.

»Wir können ihnen nicht davonlaufen, es sind zu viele!«, rufe ich.

»Das müssen wir auch nicht«, erwidert er.

Und er hat recht. Wir sitzen zwar im Schleier fest, aber nicht hier auf diesem Platz. Wir sind nicht an einen Ort, eine Zeitschleife oder Erinnerung gebunden.

Wir müssen nur das Ende des Marktplatzes erreichen. Weiter können uns diese Geister nicht folgen.

Hände greifen nach uns, als wir uns durch die Menge schlängeln.

Jemand schnappt Jacob am Kragen, doch ich reiße ihn mit erhobener Kamera los, und wir laufen weiter, so schnell wir können. Der Übergang im Schleier am Ende des Grassmarkets schimmert uns entgegen, aber der Mob kommt von allen Seiten immer näher.

Ich spüre Finger an meinem Rücken, die den Kamerariemen greifen wollen, doch kurz bevor sie sich darum schließen können, biegen wir endlich nach links vom Platz ab und in eine schmale Straße. Der Marktplatz hinter uns verschwindet wie hinter einer zufallenden Tür.

Der Geistermob, die hungrige Menge, ihre Schreie und Rufe werden von einer Falte des Schleiers verschluckt.

Keuchend stützt Jacob die Hände auf die Knie und auch ich lasse mich atemlos und zitternd gegen die nächste Wand fallen. Die Kälte in mir wird immer schlimmer. Obwohl ich nichts sage, sieht Jacob es mir wohl an und hört meine panischen Gedanken. Als ich meine Hände ansehe, sind sie völlig farblos. Mir läuft die Zeit davon.

Ich strecke mich, um über die Dächer der niedrigen Häuser zu sehen, bis ich sie schließlich entdecke: die dunkelgraue Steinmauer des Greyfriars-Friedhofes.

»Komm!«, sage ich zu Jacob und ziehe ihn mit mir.

Hinter und zwischen den Häusern kann ich die Mauer immer wieder aufragen sehen und versuche, sie im Blick zu behalten. Das Letzte, was wir jetzt brauchen – jetzt, wo wir Raven so nahe sind und die Zeit so knapp wird –, ist, uns zu verlaufen.

Wir sind in einem großen Kreis gelaufen und befinden uns in einer schmalen Straße, die an der Friedhofsmauer entlangführt. Wir sind fast wieder am Tor, als ich Matthew, den Jungen mit den traurigen Augen, am Ende der Straße sehe. Neben ihm steht ein kleineres Kind.

Jacob bremst abrupt und dreht sich um, doch hinter uns steht das Mädchen mit dem Slytherin-Schal und hinter ihr noch zwei weitere Geister.

»Plan?«, fragt er wieder. Seine Stimme wird ein wenig schriller.

»Ich arbeite dran«, entgegne ich und weiche zurück, bis ich mit den Schultern gegen die Friedhofsmauer stoße.

Ich weiß nicht, was diese Kinder wollen, aber mit uns reden ganz sicher nicht.

Sie machen überhaupt keine Geräusche, sie geben weder ein Flüstern, noch ein Kichern oder sonst was von sich. Man weiß gar nicht, wie nervös einen Stille machen kann, bis sie plötzlich überall ist.

Der Kreis der Geister schließt sich immer enger um uns. Ich will nicht herausfinden, was passiert, wenn sie uns erreichen.

»Zurück mit euch!«, ruft Jacob. Die Geister kommen weiter auf uns zu und er wirft mir einen nervösen Blick zu. »Es war einen Versuch wert.«

Ich presse mich gegen die Mauer. Wir können nirgendwo hin. Dabei sind wir so nah dran. So nah. Ich kann hören, wie auf der anderen Seite der Mauer eine Schaufel in den Boden sticht. Die Kinder kommen auf uns zu, und jetzt machen sie den Mund auf, doch es kommen nicht verschiedene Stimmen heraus, sondern aus jedem Mund dieselbe. Die Stimme von Raven. Ihr gespenstischer, hypnotischer Gesang erklingt von den Lippen der Kinder und steigt in den Himmel auf.

Jacob nimmt meine Hand.

»Ich versuche sie abzulenken, du rennst«, befiehlt er.

»Nein«, antworte ich automatisch, denn den Gedanken, das hier allein durchzuziehen, allein hinter dem Schleier festzustecken oder mich Raven ohne meinen besten Freund stellen zu müssen, kann ich nicht ertragen. »Wir stecken hier beide zusammen drin.«

Jacob grinst mich an. »Puh. Bin ich froh, dass du das sagst. Ich stehe echt nicht so auf edle Selbstaufopferung. Aber …« Er sieht die Geister an. »Was machen wir denn jetzt?«

Ich sehe nach oben, die Mauer entlang, und betrachte die rauen Steine und den Efeu, der sich wie Seile daran hinaufrankt.

Das bringt mich auf eine Idee.

Zugegebenermaßen eine ziemlich schlechte Idee.

Ich hebe die Kamera.

»Ich habe einen Plan«, sage ich. »Wenn der Blitz losgeht, fangen wir an zu klettern.«

Jacob stöhnt. »Ich bin kein großer Fan von Höhen.«

»Zeit, dich deiner Angst zu stellen«, entgegne ich leise. »Achtung … fertig …«

Ich drücke auf den Knopf.

Der Blitz zuckt und für eine Sekunde weichen die Geisterkinder geblendet zurück. Ihr Gesang erstirbt.

Und wir fangen an zu klettern.

Nach ein paar Schritten rutscht mein Schuh ab. Ich halte mich an einer dünnen Ranke fest und die Steine schürfen mir Knöchel und Schienbeine auf. Doch ich kann meinen Fuß in eine Spalte stecken, wo ein Stein fehlt, und klettere die raue Mauer weiter hinauf. Erst als ich oben bin, blicke ich zurück.

Mit einem Bein auf jeder Seite der Mauer sehe ich mich nach Jacob um. Er ist direkt hinter mir, fängt schon an triumphierend zu lächeln – und rutscht dann ab, ist im Begriff zu fallen.

Ich tauche hinunter, packe seine Hand und ziehe ihn zu mir hinauf.

»Siehst du?«, keuche ich atemlos. »War doch gar nicht so schwer.«

Die Kinder auf der Straße starren uns ungerührt an und gehen dann an der Mauer entlang weg.

»Vielleicht haben sie ja aufgegeben?«, vermutet Jacob hoffnungsvoll.

Vielleicht, denke ich. Aber wahrscheinlich suchen sie eher nach einem anderen Weg. Auf jeden Fall haben wir keine Zeit zu verlieren. Ich wende ihnen und der schimmernden Stadt den Rücken und sehe mir den Friedhof an.

Vor uns liegt der Greyfriars-Friedhof und scheint uns schon zu erwarten.

Langsam und traurig erklingt die Kirchenglocke. Ich suche den mit Grabsteinen übersäten Rasen mit den Augen ab, ob ich Raven irgendwo entdecken kann. Zwischen den Gräbern streifen Nebelfetzen umher, und es wird immer dunkler, sodass ich sie von hier aus nicht sehen kann.

Doch trotzdem weiß ich, dass sie da ist.

Ich spüre die Anziehungskraft meines fehlenden Lebensfadens, als säße ein Ende davon noch immer in meiner Brust. Ich bin ein Kompass und Raven ist mein neuer Norden.

Ein weiterer Kälteschauer überrollt meinen ganzen Körper, raubt mir fast den Atem und lässt mich das Gleichgewicht verlieren. Jacob stützt mich, und ich konzentriere mich auf den Druck seiner Hand, während ich langsam aufstehe.

Jacob lässt mich los, da er lieber auf Händen und Knien auf der Mauer hocken bleibt.

»Höhenangst ist überhaupt nicht irrational«, verteidigt er sich. Viel zu laut. Seine Stimme hallt über den Friedhof und er schlägt sich erschrocken die Hand vor den Mund.

Wir haben im Moment nicht viele Vorteile.

Ein Überraschungsmoment ist daher gerade ziemlich wichtig.

Irgendwo hinter der Kirche erklingen die Spatenstiche der Schaufel und durch den Nebel kann ich jetzt ein schwaches bläuliches Licht erkennen. *Mein* Licht.

Zeit, es mir zurückzuholen.

Ich sehe mich um und bemerke einen großen Grabstein, der neben uns an der Mauer lehnt. Es ist einer der Steine mit einer Skulptur. Zu beiden Seiten ragen Flügel hervor, und aus dem Granit sieht das Gesicht eines Engels nach oben, als tauche er gerade auf, um Luft zu holen.

Ich versuche, nicht in die halb geschlossenen Augen oder den offenen Mund zu sehen, als ich mich von der Mauer auf einen der Flügel gleiten lasse und dann auf eine ausgestreckte Hand.

Dann springe ich.

Es ist ein kleiner Sprung, dann treffen meine Füße auf lehmige, feuchte Erde, die erst vor Kurzem frisch aufgeworfen wurde. Ein paar Sekunden später landet Jacob neben mir und stürzt nach vorne, sodass er fast bis zu den Ellbogen einsinkt. Ächzend richtet er sich wieder auf.

Auch ich stehe auf und sehe mich um. Und dabei geschieht etwas.

Der Schleier um uns herum bebt und der Friedhof verändert sich. Einen langen Augenblick verschwimmt alles, dann kehrt das Bild zurück, scharf und klar und schmerzhaft vertraut. Das ist nicht das Geister-Greyfriars, das ich neulich gesehen habe, wo der kleine Hund zwischen den Gräbern herumlief und wo ich den Mann auf dem Hügel habe rauchen sehen.

Nein, das hier ist der Friedhof von *genau jetzt*.

Zum ersten Mal passen der Schleier und die Welt dahinter zusammen wie zwei Bilder, die übereinandergelegt werden, bis sie ganz scharf sind.

Nur das schlechte Gefühl, das mir eisig über den Rücken kriecht, bleibt.

»Das verstehe ich nicht«, wundert sich Jacob.

Aber ich schon.

Jeder Geist erzeugt seine eigene Welt hinter dem Schleier, zeichnet seine Erinnerung auf eine leere Leinwand. Und das hier ist *meine* Version.

Wenn ich mein Leben nicht zurückbekomme, wenn ich sterbe – wirklich sterbe –, dann wird das hier mein Leben danach. Ich werde auf ewig auf diesem Friedhof herumwandern und wieder und wieder zusehen, wie Raven sich selbst ausgräbt und mein Leben in ihren Körper steckt.

Aber ich gebe nicht auf.

Ich werde hier nicht sterben.

Ich sterbe überhaupt nicht!

Kapitel 25

Jacob und ich schleichen uns zwischen den Gräbern hindurch und folgen dem Klang der Schaufeln, zur Kirche hinauf und an ihrer Seitenwand entlang.

Und dann kann ich sie sehen.

Raven sitzt auf einem großen Grabstein, summt leise vor sich hin und hält den leuchtenden Faden meines Lebens in ihren Fingern wie ein Fadenspiel.

Aber sie gräbt nicht.

Dabei kann ich die Schaufeln doch *hören*. Ich sehe das Aufblitzen von Stahl in der Luft und wie das Loch zu Ravens Füßen wie durch einen magischen Trick immer größer wird.

Erst als ich die Kamera ans Auge halte und durch den Sucher sehe, verschwimmt der Schleier und zeigt mir die Welt dahinter. Die beiden Orte sehen identisch aus, bis auf ein paar kleine, aber wesentliche Unterschiede.

In der realen Welt thront Raven zwar immer noch auf dem Grabstein, aber sie ist nicht allein. Zwei offensichtlich von ihr verhexte Teenager stehen bis zur Brust im Grab. Ihr Blick ist glasig, und ihr Atem hängt ihnen als Wolke vor dem Mund, während sie Schaufel um Schaufel Erde aus dem Grab und auf das Gras daneben werfen.

Ich sehe mich um.

Das Tor am Eingang des Friedhofs ist mit einem Vorhängeschloss gesichert. Von der Kirchentür her erklingt ein dumpfes Klopfen, als wäre jemand darin eingesperrt. Bis auf Raven und die beiden Jungen ist der Friedhof vollkommen verlassen.

Ich senke die Kamera und der Schleier rückt wieder in den Vordergrund. Die Teenager verschwinden, und ich sehe nur noch Raven, die mein gestohlenes Leben in ihren Händen hält.

»Plan?«, fragt Jacob wieder, und diesmal ist es äußerst schlechtes Timing, denn er stellt seine Frage genau in die Stille zwischen zwei Schaufelstichen.

Ruckartig hebt Raven den Kopf.

Jacob und ich ziehen uns schnell zurück und verstecken uns hinter den nächstgelegenen Grabsteinen.

»Sorry!«, flüstert er.

Ich sehe vorsichtig um die Ecke auf das immer tiefer werdende Loch von Ravens Grab und plötzlich habe ich tatsächlich einen Plan.

Es ist zweifellos ein wirklich schlechter Plan, vielleicht der schlechteste, den ich jemals hatte. Jacob braucht mich nicht einmal zu fragen, was es ist, denn er weiß, was ich denke, und schüttelt bereits vehement den Kopf. Neineineinein!

Aber wir haben keine Zeit zu diskutieren.

Die Schaufeln sind verstummt.

Raven hat sich erhoben.

»Ich brauche eine Ablenkung«, flüstere ich. »Gibst du mir Rückendeckung?«

»Immer«, erwidert Jacob nach kurzem Zögern und fügt stirnrunzelnd hinzu: »Aber wenn du stirbst, verzeihe ich dir das nie!«

Ich umarme ihn kurz. Dann lasse ich los und schleiche so tief wie möglich geduckt halb kriechend zwischen den Grabsteinen hindurch, im weiten Bogen um Raven und das offene Grab herum.

Raven stolziert jetzt mit meinem Lebensband in der Hand um ihr Grab. Gerade, als sie in die Grube steigen will, schreit Jacob über den Friedhof: »He, du!«

Raven sieht zu Jacob, der auf einem der Grabsteine steht.

»Was haben wir denn da?«, fragt sie mit ihrer eigenartigen Singsangstimme. »Hat sich der kleine Junge etwa verlaufen?«

»Ich habe mich nicht verlaufen«, entgegnet Jacob.

Sie geht auf ihn zu und wendet ihrem offenen Grab den Rücken. Das ist meine Chance. Während

Jacob zurückweicht und Raven ihm zwischen den Gräbern hindurch folgt, schleiche ich zum Rand der Grube.

»Du armes Ding«, lockt Raven. »Komm zu mir!«

Am Rand meines Blickfelds flackern die beiden Teenager verschwommen hinter dem Schleier. Sie stehen neben dem Haufen Graberde, blick- und reglos, und sind offenbar noch immer unter dem Bann des Roten Raben.

Kurz vor dem Grab rutsche ich aus. Erde regnet wie Hagel in das offene Grab und landet auf der Kiste an seinem Boden. Ich halte den Atem an, doch Raven schaut nicht zurück, also steige ich in das Grab hinunter.

Und lande neben dem Sarg. Schnell mache ich den Deckel auf und zwinge mich gegen meinen Willen, hineinzukriechen.

Zu den Knochen der roten Raven.

Ich muss etwas gestehen: Trotz allem, was auf der Brücke und im Fluss passiert ist, war es nie meine größte Angst, zu ertrinken, sondern lebendig begraben zu werden. Und als ich den Sargdeckel jetzt über mir schließe und eingeschlossen bin im Stockfinsteren, mit feuchter, stickiger Luft, stelle ich fest, dass sich das nicht geändert hat.

Ich kauere mich neben ein Skelett in einem verblichenen roten Kleid und drücke mich an die Sargwand. Die Kamera habe ich fest umklammert und halte die Luft an, als nur einen Moment später etwas auf dem Deckel landet.

Gleich darauf wird er knarrend geöffnet.

Das Erste, was ich sehe, ist mein Leben, das wie eine Laterne in Ravens Hand hängt.

Aber sie sieht mich nicht.

Sie ist so auf ihre eigenen Knochen konzentriert, dass sie mich erst bemerkt, als es zu spät ist – als sie schon hinuntergreift, um mein gestohlenes Leben zwischen ihre Rippen zu stecken, als meine Hand hervorschießt und zugreift.

Durch meinen Arm läuft eine Hitzewelle wie ein Blitz, eine geradezu schmerzhafte Lichtexplosion.

Aber ich lasse nicht los. Ich halte fest, als hinge mein Leben davon ab, was es schließlich ja auch tut.

»Du dummes Kind!«, zischt Raven.

Sie zieht die Hand zurück und versucht, mir den Faden zu entreißen. Doch wir sind jetzt durch diesen Faden miteinander verbunden, durch mein gestohlenes Leben. Als sie sich aufrichtet, zieht sie mich mit sich hinaus aus dem Sarg und auf die Füße. Mit der anderen Hand hebe ich bereits die Kamera, überzeugt, dass ich es geschafft habe. Ich habe es wirklich getan, ich habe sie geschlagen …

Doch Raven ist zu schnell – und viel zu stark.

Mit ihrer freien Hand packt sie die Kameralinse und blockiert deren Spiegelung. Dann zerrt sie mir die Kamera aus der Hand, sodass der lila Riemen reißt, und wirft sie fort. Die Kamera schlägt auf Ravens Grabstein auf, und ich höre das grässliche Splittern von Glas, als die Linse zerspringt und silbrige Scherben auf die Graberde fallen.

Und bevor ich noch überlegen oder auch nur schreien kann, packt Raven mich und wirft mich aus dem Grab. Ich höre etwas reißen, als ich zurückfliege und hart auf dem Boden aufschlage. Ich rolle durch das Gras und pralle mit so viel Wucht gegen einen Grabstein, dass es mir den Atem verschlägt.

Eine Hand berührt meinen Arm, und ich zucke zusammen, aber es ist nur Jacob, der neben mir kniet.

Meine Kamera liegt zerbrochen auf der Erde, aber es war nicht umsonst.

Denn ich habe nicht losgelassen.

»Du hast keine Chance gegen mich!«, ruft Raven.

Ich stehe auf. »Bist du sicher?«, schreie ich zurück und halte meinen Lebensfaden hoch. Oder zumindest eine Hälfte davon. Das abgerissene Ende ist ganz ausgefranst. Raven sieht auf ihre eigene Hand, in der die andere Hälfte des Fadens jetzt schwächer glüht, da mein Leben zwischen uns aufgeteilt ist. Sie stößt ein unmenschliches, tiefes Knurren aus und stürzt sich auf mich.

Sie ist so schnell wie ein Schatten, wie ein Vogel, gerade noch vier Gräber weit entfernt und im nächsten Moment direkt vor mir, die Arme ausgebreitet wie Flügel. Doch im letzten Augenblick wirft sich eine

Gestalt zwischen uns, und ich sehe nur einen glänzenden schwarzen Zopf, bevor Lara ihr Spiegelamulett hochhält.

»Sieh und höre!«, befiehlt sie.

Doch Raven reißt ihren Blick rechtzeitig vom Spiegel weg und schlägt Lara den Anhänger aus der Hand. Die Kette fliegt in die Dunkelheit und Raven stürzt sich auf Lara.

Die springt zurück und prallt gegen uns, um gerade noch Ravens Krallen zu entgehen. Jacob und ich fangen sie auf.

»Tut mir leid, dass ich so spät komme«, stößt sie atemlos hervor.

»Besser spät als nie«, findet Jacob.

»Wie bist du hier reingekommen?«, will ich wissen.

Lara nickt zur Friedhofsmauer. »Gut, dass ich keine Höhenangst habe. Ich nehme an, ihr beide habt einen Plan?«

»Natürlich habe ich einen Plan«, behaupte ich und stecke den leuchtenden Faden in meine Tasche.

Mit der Eleganz einer Schlange kommt Raven auf uns zu.

»Na gut«, meint Lara. »Aber nur für den Fall, dass ihr *keinen* Plan habt, *ich* habe einen.«

Wie aufs Stichwort erstarrt Raven.

Nicht wie der trauernde Vater, als er in meine Kameralinse gesehen hat. Sie wird nicht langsamer, die Bewegung hört nicht allmählich auf.

Nein, Raven bleibt schlagartig stehen und presst die Arme an die Seite. Sie schwankt und windet sich, und durch den Schleier erkenne ich unscharf einen Mann mit rotem Haar, der ihr die Arme um die Schultern gelegt hat.

Sie wird festgehalten. Von Findley.

»Zurück, du böser Geist!«, schallt seine Stimme über den Friedhof.

Ich drehe mich zu Lara um. »Du hast es ihm erzählt?«

»Ich hatte es eigentlich nicht vor«, gesteht sie aufgebracht. »Aber er ist mir einfach hierhergefolgt und hat sozusagen darauf bestanden.«

»Und er hat dir geglaubt?«

Lara zuckt mit den Achseln. »Wir Briten haben eine hohe Toleranzgrenze für merkwürdige Dinge.«

»Ich will euch ja nicht unterbrechen …«, wirft Jacob ein, »aber ich glaube, wir haben ein Problem.«

Schnell sehe ich auch, warum.

Raven wehrt sich nicht mehr. Auf einmal hängt sie reglos, ganz schrecklich reglos in Findleys Armen.

»Oh Kinder«, sagt sie leise mit klebrig süßer Stimme. »So geht das doch nicht!«

Und dann tritt sie einfach zurück durch den Schleier. Heraus aus der Welt der Lebenden und ins Reich der Toten. Findleys Arme sind plötzlich leer und er taumelt zurück und schlägt sich den Kopf an einem Grabstein an.

Wir haben keine Zeit, uns um ihn zu kümmern, denn Raven ist hier, direkt vor uns, fest und deutlich, mit ihren schwarzen Locken und ihrem roten, roten Mantel.

»Dein Leben gehört mir!«, stellt sie fest. Ihre Stimme ist faszinierend, hypnotisch, aber ich lasse mich nicht davon einlullen.

»Wenn du den Rest von diesem Faden willst, musst du erst an mir vorbei«, erkläre ich.

»An uns!«, bekräftigt Jacob.

»An uns *allen*«, wirft Lara von der anderen Seite her ein. Sie hat ihre Kette aufgehoben und dreht den Anhänger in den Fingern.

»Tatsächlich?«, säuselt Raven mit einem bösartigen Lächeln. Ihre Zähne sind gebrochen und scharf, und als sie Luft holt, um zu singen, halte ich mir die Ohren zu. Jacob und Lara tun das Gleiche.

Doch sie singt nicht für uns.

Und einen Augenblick später kommen die Kinder.

Sie strömen auf den Friedhof, kommen durch die Tore und um die Grabsteine herum. Sie steigen aus dem Boden auf und kommen hinter der Kirche hervor.

Sie kommen von allen Seiten.

Auf uns zu.

Nein – nur auf Jacob und Lara.

Denn auf mich kommt Raven selbst zu.

Kapitel 26

Du kannst mir nicht entkommen!«, säuselt Raven. Doch das hindert mich nicht daran, es zu versuchen.

Ich hechte hinter einen Grabstein. Meine Gedanken rasen.

»Du kannst dich nirgendwo verstecken!«

Ihre Stimme erklingt direkt über mir und ihre Finger krallen sich schon um den Grabstein. Wieder springe ich auf und stolpere hastig aus ihrer Reichweite.

»Du gehörst mir, mir, mir!«, sagt sie, während sie mich zwischen den Gräbern hindurch verfolgt.

Ein Stück entfernt wehrt sich Jacob gegen zwei Geisterkinder, die versuchen, ihn zu Boden zu drücken. Direkt dahinter ist Lara von mehreren Kindern umzingelt. Gegen die blicklosen Marionetten ist ihr Amulett nutzlos.

Ich bin allein mit Raven.

Ein Leben. Zwei von uns.

Ich schlage Haken zwischen den Grabsteinen und wünsche mir, ich hätte meine Kamera, wünsche mir, ich hätte mehr als die ausgefranste Hälfte eines Fadens.

Plötzlich sehe ich etwas: Mondlicht, das von den Scherben neben Ravens offenem Grab reflektiert wird.

Und auf einmal weiß ich, was ich tun muss.

Ich renne los, so schnell ich kann.

Raven ist mir dicht auf den Fersen.

Ich spüre sie in meinem Nacken.

Doch ich sehe mich nicht um.

Ich werfe mich nach vorne, auf den Erdhaufen am Rand des Grabes, und …

… schaffe es beinahe.

Beinahe.

Meine Hände versinken in der frisch aufgeworfenen Erde, als Raven ihre krallenscharfen Finger um meine Knöchel schlingt. Mit einer Hand streife ich etwas Scharfkantiges und halte es fest, während sie mich zurückzerrt.

Der Gegenstand schneidet schmerzhaft in meine Handfläche, doch ich lasse nicht los.

Nicht, als sie mich hochzieht, und auch nicht, als sie eine Hand um meine Kehle krallt.

Nicht, als sie mich vom Boden hochhebt, bis unsere Gesichter auf gleicher Höhe sind. Auge in Auge.

»Hab dich!«, flüstert sie, und ihre freie Hand gräbt in meiner Tasche.

»Hab *dich*!«, antworte auch ich und halte meine Beute hoch.

Es ist eine Scherbe der Kameralinse, klein, silbrig und glänzend. Am Rand, da wo sie in meine Hand geschnitten hat, ist sie blutig, aber sie ist alles, was ich habe. Also halte ich sie Raven vors Gesicht.

Dieses Mal ist sie nicht schnell genug. Dieses Mal hat sie beide Hände voll – eine liegt um meinen Hals, die andere angelt nach der zweiten Hälfte meines Lebens –, und beides kann sie nicht rechtzeitig loslassen, nicht bevor sie ihr Spiegelbild in der Scherbe sieht.

»Das ist, was du bist!«, rufe ich.

Sie stößt ein lautes Zischen aus und reißt die Augen auf. Ihr Gesicht ist verzerrt vor Wut und Enttäuschung, doch dann wird ihr Blick leer und kalt wie Eis.

Ich weiß nicht, was Raven im Spiegel sieht.

Eine trauernde Mutter, die in den Straßen herumwandert und ihr vermisstes Kind ruft?

Eine böse Frau, die Mädchen und Jungen ihren sicheren Heimen entreißt?

Ich weiß nicht, wer sie war, bevor sie gestorben ist.

Ich weiß nur, was sie jetzt ist.

Ein böser Geist, der nur aus Verlust und Zorn, Furcht und Verlangen besteht.

Ich greife durch ihren roten Mantel in ihre leere

Brusthöhle. Ihr Lebensfaden zuckt in meinen Fingern als wäre er ein lebendiges Wesen, eine Schlange in ihrer Höhle, und ich muss mich zwingen, nicht zurückzuzucken. Ich schlucke, bekomme den Faden zu fassen und ziehe. Er fühlt sich schwer an, und im Dämmerlicht des Friedhofes sehe ich, dass es kein dünner, farbloser Faden ist wie der des trauernden Mannes, sondern ein Seil.

Es ist ein dickes, schwarzes Seil aus Dutzenden von dünnen Fäden, weit mehr Fäden, als einer einzelnen Person gehören sollten. Und das tun sie ja auch nicht. Deshalb konnte ich den Faden in Matthews Brust nicht finden. Er war nicht da. Er war hier. Ravens Macht bestand aus den Leben unzähliger Kinder.

Das Seil leistet Widerstand, doch ich wickle es mir um die Hand und ziehe, so stark ich kann.

Als es sich löst, tut es das ohne Reißen oder Knacken, es ist, als ließe ein riesiges Gewicht einfach los.

Das Seil zerfällt – dunkel, bösartig, wie Matsch – und löst sich schließlich in nichts auf.

Und sobald das Seil weg ist, ist auch Raven verschwunden.

Gerade war sie noch da mit ihrem schwarzen Haar, das aus der Kapuze ihres roten Mantels hervorwallt, die Finger in meinen Kragen gekrallt, und dann ist sie nur noch eine Wolke aus Asche und Staub, und ich falle aus ihren verschwundenen Armen zurück auf den lehmigen Boden.

Die gestohlenen Kinder auf dem Friedhof erschauern plötzlich wie Kerzenflammen vor einem offenen Fenster. Und wie von einem einzigen Windstoß ausgeblasen … verlöschen sie.

Lara sinkt atemlos gegen einen Baum. Ihr Zopf ist halb aufgelöst.

Jacob steht auf einem Grab und hat einen dicken Stock wie einen Baseballschläger hocherhoben.

Doch es ist niemand mehr da, gegen den sie kämpfen können.

Lara räuspert sich. »Nun ja«, meint sie mit dem Anflug eines Zitterns in der Stimme, während sie sich ihre schmutzige Bluse glatt streicht. »Ich habe ja gesagt, wir kriegen das hin.«

Ich gehe neben den dunklen Resten von Raven in die Hocke und grabe in der Asche, bis ich das ausgefranste Band aus bläulich weißem Licht finde.

Die andere Hälfte meines Lebensfadens.

Bei seinem Anblick zieht Lara scharf die Luft ein. Ich kann es ihr nicht verdenken. Ich wette, sie hat sich noch nie von einem Geist ihr Leben stehlen lassen und deswegen ihr Leben auch noch nie außerhalb ihres Körpers gesehen, schon gar nicht in zwei Teile gerissen.

Ich nehme den anderen Teil aus meiner Tasche und bringe die beiden Enden in meiner Hand zusammen.

Zuerst geschieht gar nichts, und einen schrecklichen Augenblick lang glaube ich, ich habe mein Leben ruiniert. Doch in dem Moment legt mir Jacob eine Hand auf die Schulter, und vor unseren Augen verbinden sich die Fäden miteinander, weben sich ineinander, bis nur noch eine dünne Linie dort zu sehen ist, wo das Band gerissen ist.

Es wirkt so ... zerbrechlich. Nicht wie eine Glühbirne, sondern eher wie eine Kerze, etwas, das man vor dem Wind schützen muss. Doch das bläuliche Licht in meiner Hand leuchtet stetig, weich und hell. Es ist das Gegenteil von dem Seil, das ich aus Raven gezogen habe.

Ich halte das Band an meine Brust, auch wenn ich keine Ahnung habe, wie das funktionieren soll, ob ich irgendwelche Worte sprechen oder irgendwelche Gesten machen muss, so etwas wie einen Zauberspruch.

Deswegen bin ich sehr erleichtert, als das Band einfach in meine Brust eintaucht wie ein Stein in einen Fluss, und dann ...

Ich keuche auf, als vor meinen Augen alles weiß wird.

Mein Leben ist ...

... Luft in hungrigen Lungen.

Eine Hand, die die meine packt.

Ein Licht im Dunkeln.

Die kalten Kieselsteine des gefrorenen Flussufers unter mir, das Wasser, das aus meinen Haaren tropft, und Jacob, der zu mir sagt: »Ich hab dich.«

Und dann bin ich plötzlich zurück, nicht hinter dem Schleier, sondern in der realen Welt aus Fleisch und Blut, Schatten und Licht, umgeben von Gras, Erde und Grabsteinen.

Ich lebe.

Der Schleier teilt sich und Lara tritt zusammen mit Jacob dahinter hervor. Am liebsten würde ich sie beide umarmen, aber Lara sieht nicht so aus, als stünde sie auf Kuscheln, und Jacob und ich sind nicht mehr aus dem gleichen Stoff gemacht, also begnüge ich mich mit einem dankbaren Nicken und einem Geister-Five.

Plötzlich entdecke ich neben dem Grab, halb in der Erde steckend, den gerissenen lila Kamerariemen.

Meine Kamera! Irgendwie ist sie mit mir zusammen zurückgekommen. Halb erwarte ich, dass auch sie wieder ganz ist, als ich sie aufhebe.

Doch das Objektiv ist immer noch zerbrochen.

Enttäuscht lasse ich die Kamera sinken.

Lara räuspert sich. »Äh, Cassidy …«

Ich folge ihrem Blick, von dem offenen Grab zu den beiden Teenagern, die benommen auf die Schaufeln in ihren Händen sehen, zu Findley, der am Boden liegt und sich stöhnend den Kopf reibt, und zum Tor, dessen Schloss gerade aufgebrochen wird, während Sirenen erklingen. Und alles, was ich denken kann, ist:

Jetzt kriegen wir richtig Ärger.

TEIL FÜNF

Das wars!

Kapitel 27

Zum ersten Mal, seit wir in Schottland sind, ist der Himmel wolkenlos. Die Sonne scheint, und es ist richtig warm, als ich mit Dad (und Jacob) die Royal Mile hinauf zu Bellamy's Fotoladen gehen.

Seit den Ereignissen auf dem Friedhof sind zwei Tage vergangen und offiziell darf ich ohne Aufsicht eines Erwachsenen nirgendwo mehr hingehen. Mum und Dad sehen mich seitdem an, als könne ich ihnen jede Sekunde davonlaufen oder direkt vor ihren Augen verschwinden.

Es hat sich herausgestellt, dass *richtig Ärger* noch eine Untertreibung war.

Meine Eltern mussten mich von der Polizeiwache abholen. Als sie dort ankamen, saß ich zwischen Findley und Lara (und Jacob, obwohl man mit einer Menge Sachen ungeschoren davonkommt, wenn man unsichtbar ist). Wir waren alle drei noch völlig benommen und dreckig.

Natürlich gab es einen Riesenaufstand. Es wurde eine Anzeige wegen Vandalismus erstattet, obwohl glücklicherweise nicht ich diejenige war, die ein Grab geschändet hat. Zumindest nicht direkt. Die beiden Teenager behaupteten natürlich, sie könnten sich an nichts erinnern, und obwohl ich wusste, dass sie die Wahrheit sagten, nahmen die Polizisten dennoch ihre Personalien auf. Sie taten mir leid, aber andererseits haben sie echt Glück, dass sie überhaupt noch am Leben sind.

Und ich hatte selbst genug Ärger am Hals.

Lara hatte meinen Eltern offenbar gesagt, dass ich *alles* erklären würde, wenn ich zurückkäme. Nur dass ich das nicht konnte. Ich konnte ihnen nicht erklären, wohin ich verschwunden war und was passiert war. Ich konnte überhaupt nichts erklären. Na ja, ich hätte es schon gekonnt, aber das wäre dann eine von diesen Erklärungen gewesen, die viel mehr Fragen aufwerfen, als sie beantworten.

Was mich allerdings nicht davon abgehalten hat, zumindest zu versuchen, ihnen die Wahrheit zu sagen.

»Zehn Punkte für Kreativität«, meinte Mum, als ich fertig war, doch Dad verpasste mir Hausarrest bis an mein Lebensende. Aber letztendlich hatten sie wohl nur wirklich Angst um mich und waren froh, dass ich noch am Leben war.

Und das war ich auch.

Gestern war der letzte Drehtag für die erste Folge der *Inspecters*, morgen reisen wir ab. Mum ist jetzt in der Wohnung, um unsere Sachen zu packen und mit der Crew die Aufnahmen durchzusehen. Ich musste Dad eine Stunde lang anbetteln, damit er mit mir zu Bellamy's geht, und ich glaube, er hat schließlich nur zugestimmt, weil das Wetter so schön ist und er eine Ausrede brauchte, um selbst ein bisschen rauszukommen.

Meine Kamera ist zwar kaputt, aber zumindest das Gehäuse ist ganz geblieben. Der Film ist noch darin und sollte unbeschadet sein. Ich will unbedingt sehen, was darauf eingefangen ist.

Als Dad und ich am Laden am oberen Ende der Straße ankommen, drehen wir uns um und sehen die Royal Mile entlang, die sich wie ein Band den Hügel hinunter zieht.

»Was für eine Stadt«, meint Dad.

»Oh ja«, bestätige ich.

Bellamy's hat geöffnet, aber der Laden ist leer. Keine Kunden. Niemand steht hinter dem Tresen. Es ist ein komisches Gefühl, hierherzukommen. Ich vermisse meine Dunkelkammer, und es ist seltsam, die Fotos bei jemand anderem zu lassen und nicht die Erste zu sein, die sieht, was darauf ist, wenn die Bilder aus dem Entwicklerbad kommen. Aber mir bleibt nichts anderes übrig.

»Hallo?«, rufe ich.

Es raschelt und gleich darauf kommt ein Mädchen aus dem Hinterzimmer. Sie ist älter als ich, aber nicht so alt, wie ich es erwartet hätte. Sie ist vielleicht 18, hat kurzes blondes Haar und Fingernägel in Regenbogenfarben.

»Hiya!«, begrüßt sie mich in starkem schottischem Singsang.

»Könnt ihr auch Schwarz-Weiß-Filme entwickeln?«, frage ich.

»Wir wären ein merkwürdiges Fotostudio, wenn wir das nicht könnten, oder?« Ihr Blick fällt auf die Kamera in meiner Hand. »Oh Gott, was hast du denn damit gemacht? Fußball gespielt?«

Ich stelle die kaputte Kamera auf den Tresen.

»Sie ist kaputt, ich weiß«, sage ich. »Aber es ist noch ein Film drin und ich habe gehofft …«

Das Mädchen stupst die Kamera mit einem Fingernagel an und fragt: »Darf ich?«, bevor sie sie hochnimmt. Vorsichtig, fast liebevoll dreht sie sie herum. »Ein altes Modell, schwer, da das Richtige zu finden.«

»Das Richtige?«

»Ja, es ist doch nur ein kaputtes Objektiv. Na ja, und ein gesprungener Sucher. Damit kann ich nicht dienen, aber …« Mit einer geschickten Bewegung und einem leisen »Klick« löst sie das kaputte Objektiv. »Etwas Silber auf der Linse … hmmm …« Sie verschwindet im Hinterzimmer und kommt ein paar Minuten später mit einem neuen Objektiv zurück. Na ja, nicht direkt einem neuen. Es ist offensichtlich genauso alt wie meine Kamera. Mit einer schnellen Drehung setzt sie es ein. »Bitte schön.«

Der Anblick der reparierten Kamera lässt mein Herz schneller schlagen, doch im nächsten Moment wird es ganz schwer. »Das kann ich mir nicht leisten …«

Sie stellt die Kamera auf den Tresen. »Ehrlich gesagt kann ich das Objektiv auch gar nicht verkaufen.« Sie dreht es zu mir hin, und ich zucke kurz zusammen, als ich mich an meine geisterhafte Spiegelung in der Linse erinnere. Doch als ich diesmal hineinsehe, kann ich nur mich selbst erkennen. Jedenfalls fast. Einen Moment lang sieht es so aus, als würde mein Haar schweben und ein Licht über meiner Brust hängen. Doch das kann auch ein Fleck auf der Linse sein oder eine optische Täuschung, denn als ich blinzle, ist es weg.

»Siehst du? Hier«, sagt das Mädchen und tippt auf das Objektiv. »Es hat einen Fehler.« Ich kneife angestrengt die Augen zusammen und sehe tatsächlich einen kleinen Fleck innen am Glas, wie eine winzige Nebelwolke. »Dadurch werden die Bilder etwas komisch. Du tust mir einen Gefallen, wenn du mir das Objektiv abnimmst.«

Ich beiße mir auf die Lippe. »Bist du sicher?«

»Aye«, erwidert sie und nimmt die Kamera. »Ich werde den Film für dich entwickeln und … oh, du hast noch ein Bild darauf, weißt du das?« Sie wackelt mit der Kamera. »Soll ich es machen?«

Ich sehe mich um und fühle mich ein wenig unwohl bei dem Gedanken, selbst auf dem Foto zu sein, anstatt es zu machen. Dann sehe ich Jacob durch die Schaufensterscheibe. Er hat mir den Rücken zugewandt und beobachtet die Leute auf der Straße.

»Einen Moment«, sage ich.

Ich gehe zum Fenster und lehne mich an die Scheibe, sodass Jacob und ich nebeneinanderstehen und zwischen uns nur das dünne Glas und die verschnörkelte Aufschrift *Bellamy's* steht.

Er sieht mich, wendet mir den Kopf zu und lächelt. Ich lächle zurück und höre das leise Klicken des Auslösers, als das Mädchen das Bild macht.

»Schönes Licht um diese Tageszeit«, stellt sie fest und kurbelt den Film zurück. »Das wird bestimmt gut.«

»Danke«, sage ich und gehe wieder zum Tresen. »Ich hoffe es.«

Sie öffnet die Kamera und nimmt die Filmrolle heraus. Es kribbelt mich in den Fingern, und ich muss mich zurückhalten, nicht danach zu greifen. Stattdessen sehe ich zu, wie die Rolle in einem Umschlag verschwindet.

»Komm morgen früh wieder, dann ist er fertig«, sagt das Mädchen.

Im Lane's End bestellen wir am Abend Fish & Chips und setzen uns alle zusammen – das Filmteam, Mum und Dad, Findley, Jacob und ich –, um die Rohfassung von *Inspecters – Folge 1: Die Stadt der Geister* zu sehen. Ich wünschte, Lara wäre auch dabei, doch ich habe sie seit dem Abend auf dem Greyfriars Friedhof nicht mehr gesehen. (Mrs Weathershire ist bestimmt der Meinung, ich hätte einen schlechten Einfluss auf Lara.)

Jacob und ich sitzen nebeneinander auf dem Sofa, und unsere Arme berühren sich fast, während Dad auf dem Bildschirm die Geschichte von Mary King's Close erzählt. Mum macht Vorschläge, wo geschnitten werden könnte, und schreibt Textzeilen auf, die sie später noch als Voiceover einfügen will. Grim sitzt auf Findleys Schoß, obwohl der jedes Mal schallend lacht, wenn vor der Kamera jemand zusammenzuckt.

Findley behauptet auch, er könne sich an nichts erinnern, was an jenem Abend auf dem Friedhof passiert ist, aber er hat einen blauen Flecken auf der Wange, der von seinem struppigen Bart halb verdeckt wird, und ein Funkeln in den Augen, wenn er mich ansieht.

Auf dem Bildschirm hallt gerade Mums Stimme durch die Gefängniszellen der Burg.

Das alles scheint mir so weit weg und so lange her zu sein. Und in gewisser Weise ist es das ja auch.

Als sich schließlich alle verabschieden, umarmt Findley mich herzlich.

»Danke«, flüstere ich. »Für alles.«

»Du trägst jetzt ein Zeichen, Cassidy«, sagt er plötzlich ganz ernst. »Pass gut auf dich auf.«

Mir steigen die Tränen in die Augen, auch wenn ich nicht genau weiß, warum.

Der Abschied fällt mir schwer.

Am nächsten Morgen brauchen wir eine halbe Stunde, um Grim einzufangen, der in einem seltenen Anfall von katzenhafter Sturheit beschlossen hat, nie wieder in seinen Katzenkorb zu gehen.

»Komm schon, Kätzchen!«, lockt Jacob und versucht, ihn unter dem Sofa hervorzuscheuchen. Ich versuche derweil, eine Lockspur aus Leckerlis durch das Zimmer zu legen.

Während wir uns um Grim kümmern, packen Mum und Dad die restlichen Sachen, und eine Weile ist alles ganz normal. Aufregung und eine nervöse Energie liegen in der Luft, und wir sind alle bereit, diese Stadt hinter uns zu lassen, wenn auch aus ganz unterschiedlichen Gründen.

Endlich lassen Jacob und ich uns aufs Sofa fallen, den eingesperrten Grim zwischen uns.

»Hat er dich gekratzt?«, fragt Mum, die gerade ins Zimmer kommt.

Verwundert runzle ich die Stirn. »Nein, warum?«

»Deine Hand.«

Ich sehe nach unten und stelle fest, dass sie recht hat. Nicht wegen Grim, aber wegen meiner Hand.

Ich streiche mit dem Daumen über die flache rote Linie. Sie ist genau an der Stelle, an der ich mich auf dem Friedhof an der Linsenscherbe geschnitten habe. Es ist kein wirklicher Schnitt, aber es tut trotzdem weh.

»Nein«, sage ich. »Ist schon gut.«

Dann ist alles fertig, und wir schleppen unsere Taschen nach unten, wo Mrs Weathershire auf uns wartet.

»Und, alles bereit?«, fragt sie fröhlich. »Dann rufe ich Ihnen ein Taxi.«

Mum und Dad gehen hinaus. Ich folge ihnen, werfe aber noch einen Blick zurück, als ich Schritte oben an der Treppe höre. Dieses Mal ist es nicht der geisterhafte Mr Weathershire, sondern Lara. Atemlos, als hätte sie befürchtet, mich zu verpassen, kommt sie angelaufen. Ein paar Haare sind aus ihrem Zopf entwichen, die sie schnell glatt streicht.

»Hi!«, sage ich, froh, sie zu sehen.

»Hi«, grüßt sie zurück und wirft Jacob einen gemessenen Blick zu, bevor sie sich wieder an mich wendet.

»Wie fühlst du dich?«

»Als wäre mein Leben in zwei Teile gerissen worden«, entgegne ich trocken.

»Wirklich?«, fragt sie erstaunt.

Lachend schüttle ich den Kopf. »Mir geht es gut. Normal. Na ja, so normal, wie es eben geht. Hast du denn viel Ärger bekommen?«

Lara zuckt mit den Schultern. »Nichts, womit ich nicht klarkomme.« Verblüfft sehe ich ein geradezu schelmisches Funkeln in ihren Augen. »Vielleicht überrascht es dich ja, aber auch ich habe gelegentlich schon mal ein paar Regeln gebrochen.«

Sie nimmt eine meiner Taschen und geht mit mir hinaus.

»Wir müssen uns unterhalten.«

Jacob kommt neugierig näher.

Lass uns mal einen Augenblick allein, denke ich. Er runzelt die Stirn, aber schlurft dann davon.

Lara wartet, bis er weg ist, und sagt dann: »Du tust ihm keinen Gefallen damit, dass du ihn hierbleiben lässt.«

Nicht das schon wieder. »Er ist mein bester Freund, Lara.«

»Das mag ja sein, aber es gibt einen Unterschied zwischen dem Wunsch, zu bleiben, und der Angst, loszulassen. Du musst ihn weiterschicken.«

»Du hast deinen Onkel doch auch nicht weitergeschickt«, kontere ich.

Lara erstarrt. »Was?«

»Ich habe ihn getroffen, als ich nach dir gesucht habe. Er ist es, der dir alles beigebracht hat, nicht wahr? Das über Geister und Zwischendrinler. Über den Schleier und Spiegel und die Vereinbarung, die wir getroffen haben, und was wir tun müssen. Du hast gesagt, du hättest es aus seiner Bibliothek gelernt, aber das stimmt nicht ganz, oder?«

Lara zögert kurz und schüttelt dann den Kopf. »Er hat erst angefangen, mir das alles beizubringen, nachdem …«

Sie bricht ab, und ich weiß nicht, ob sie sagen wollte, nachdem *er* oder nachdem *sie* gestorben ist.

»Du weißt, dass er da ist«, sage ich, »im Lane's End. Du weißt, was er ist und was du bist, aber du hast ihn trotzdem nicht weitergeschickt.«

»Er ist nicht wie die anderen«, verteidigt sich Lara.

»Ich weiß«, entgegne ich. »Und Jacob auch nicht.«

Lara verschränkt die Arme. »Du hast recht. Ich habe Onkel Reggie nicht weitergeschickt, aber ich habe ihn auch nicht durch den Schleier gezerrt.« Sie tritt näher und fährt leiser fort: »Jacob hat dich benutzt, um auf diese Seite zu kommen, und du verankerst ihn hier. Je länger er bleibt, desto stärker wird er. Er ist gefährlich, Cassidy.«

Wir sehen uns beide nach Jacob um, der gerade vergeblich versucht, ein paar Tauben zu verscheuchen.

»Mit dem Risiko kann ich leben«, meine ich.

Lara seufzt. »Na gut. Aber sei vorsichtig.« Sie will gehen, hält dann aber noch mal inne. »Oh, bevor ich es vergesse …« Sie zieht ihren Spiegelanhänger über den Kopf. »Hier«, sagt sie und hält ihn mir hin.

Ich greife schon danach, zögere dann aber und sage: »Das kann ich nicht annehmen. Du brauchst ihn doch.«

»Keine Sorge«, sagt sie und zieht noch einen aus der Tasche. »Ich habe immer einen Ersatzspiegel.«

Da ich die Kette immer noch nicht annehmen will, tritt sie näher und streift sie mir einfach über den Kopf.

»Danke«, sage ich und stecke die kühle Scheibe unter mein T-Shirt. »Für alles.«

Lara zuckt mit den Schultern, als wäre das nicht der Rede wert, aber wir wissen es beide besser. Uns verbindet mehr als nur der gleiche Kettenanhänger.

Unser Taxi fährt vor. Lara gibt mir einen Zettel.

»Meine E-Mail-Adresse«, sagt sie. »Falls du mal wieder Probleme hast.«

»Oh, so was passiert ganz bestimmt nicht noch mal«, behaupte ich.

Lara prustet tatsächlich, was für sie ein geradezu unpassendes Geräusch ist. Dann stupst sie gegen meine Brust. »Pass gut darauf auf.«

»Mache ich«, verspreche ich und greife nach dem Anhänger.

»Ich habe nicht die Kette gemeint«, sagt Lara kopfschüttelnd.

Damit dreht sie sich um und marschiert die Treppe hinauf.

»Tschüss, Lara!«, ruft Jacob.

»Tschüss, Geist!«, ruft Lara über die Schulter hinweg zurück.

Dann schlüpft sie ins Haus.

Grim sitzt in seiner Transportbox neben mir und lässt ein leises Fauchen hören. Jacob starrt aus dem Fenster. Die Stadt zieht an uns vorbei und hinter uns ragt die Burg auf.

Mum und Dad sehen bereits in ihre nächste Akte und reden über Geschichten und Drehbücher, während wir uns auf den Weg in eine neue Stadt machen, zu einem neuen Filmteam und einem neuen Stadtführer.

Eine neue Folge.

Ein neues Kapitel.

Aber bevor wir weiterziehen, gibt es noch eine Sache zu erledigen.

Das Mädchen hinter dem Tresen von Bellamy's lächelt, als sie mich sieht.

Mum und Dad bleiben im Taxi, was wahrscheinlich ein Fortschritt ist, denn es dauert sicher noch eine Weile, bis ich mir ihr Vertrauen wieder verdient habe.

Das Mädchen geht kurz nach hinten und kommt mit einem Umschlag zurück. Sie pfeift leise, als sie ihn auf den Tresen legt.

»Einige davon sind echt verrückt.«

»Du hast sie dir angesehen?«

»Tut mir leid«, sagt sie. »Das gehört zum Job. Aber du hast Talent. Die meisten Leute würden so etwas nicht ohne digitale Bearbeitung hinkriegen.« Sie tippt mit einem Regenbogenfingernagel auf den Umschlag. »Du hast diese Stadt wirklich gut eingefangen«, meint sie, als sie mir die Bilder rüberschiebt. Ich bedanke mich, nehme sie und bezahle mit dem Geld, das Dad mir dafür im Auto gegeben hat.

»Das letzte Foto ist mein Lieblingsbild«, sagt sie noch zwinkernd.

Ich sehe mir die Bilder erst an, als ich im Auto sitze.

Auf dem Umschlag sind lauter Touristenfotos von irgendwelchen Pärchen, die vor berühmten Gebäuden posieren, auf Dachterrassen essen oder auf Bergen stehen.

Wenn andere Leute verreisen, machen sie Bilder von Gebäuden.

Ich gehe auf Reisen und fotografiere Geister.

Ich nehme den Stapel Bilder heraus.

Das erste ist vom Lane's End: Mrs Weathershire mit einem Teetablett in der Tür.

Das nächste ist von der Royal Mile mit den Straßenkünstlern und den vielen Menschen.

Dann Greyfriars, einmal voller Touristen und ein zweites, graueres Bild mit Nebelstreifen.

Da ist Mary King's Close mit den hohen Wänden und dem diffusen Licht und dem Schatten von irgendetwas Seltsamem, das aus dem Dunklen hervorsieht.

Meine Eltern und Findley abends unter einer Laterne und Lara auf der Treppe. Der trauernde Vater in seinem winterlichen Haus und die Burg mit dem Falltor, den Kanonen und den Gefängniszellen.

Danach wird es seltsam. Hinter dem Schleier. Ein Dutzend Fotos, auf denen fast nichts zu sehen ist. Streifen und Schmierer, die Gesichter, Hände oder auch nur Lichtspiegelungen sein könnten.

Wenn man es nicht wüsste, könnte man glauben, dass der Film einfach falsch belichtet worden ist.

Aber ich weiß es. Ich kann die Geister in den grauen Schatten erkennen.

Und dann das letzte Foto. Das einzige, das nicht ich gemacht habe.

Darauf lehne ich mich an das Fenster des Fotoladens. Auf der anderen Seite ist ein Fleck, ein Rauchwölkchen in Form eines Jungen. Es könnte eine komische Spiegelung sein, eine Art Verzerrung, aber das ist es nicht.

Ich erkenne den charakteristischen Haarschnitt und den Schwung seines Mundes. Wie er den Kopf dreht, als er zu mir sieht. Den Anflug eines Lächelns.

Es gibt einen Unterschied zwischen dem Wunsch, zu bleiben, und der Angst, loszulassen.

Jacob neigt sich zu mir, als könne er meine Gedanken lesen. Aber das kann er ja natürlich auch.

»Als ich dich aus dem Fluss gerettet habe«, sagt er, »hast du mich auch vor etwas gerettet.« Ich halte den Atem an. Es ist das erste Mal, dass Jacob von seinem Leben vor unserem Treffen spricht – oder von seinem Tod. Ich möchte, dass er weiterspricht, aber das tut er nicht.

Er hält die Hand hoch wie zu einem Geister-Five, aber als wir dieses Mal unsere Handflächen zusammenbringen, machen wir kein klatschendes Geräusch und ziehen die Hände nicht zurück. Wir lassen sie, wo sie sind. Und ich könnte schwören, dass ich seine Berührung fast spüren kann.

Je länger er bleibt, desto stärker wird er.

Doch im nächsten Moment ist das Gefühl fort.

Das Auto bleibt vor dem Flughafen stehen.

Mum und Dad bezahlen den Taxifahrer, und dann steigen wir alle aus: zwei Eltern, ein Mädchen, ein Geist und eine genervte Katze, bereit für das nächste Abenteuer.

Danksagung

Dieses Buch ist mehreren Personen und einer sehr alten Stadt gewidmet. Der Stadt habe ich bereits gedankt. Von den Menschen kann ich nur einige wenige nennen:

Meine Mutter, die mich immer dazu ermuntert hat, mich absichtlich zu verlaufen, und meinem Dad, der mir immer geholfen hat, wieder zurückzufinden.

Meine Agentin Holly und meine Lektorin Aimee, die immer für ein Abenteuer bereit waren, auch wenn sie nicht wussten, wohin es führen würde.

Cat, Caro und Ciara für das Beste in dieser Stadt und Dhonielle und Zoraida, weil sie mir auf dieser langen, windigen Straße Gesellschaft geleistet haben.

Das Team von Scholastic, die mich dieses manchmal gruselige, immer merkwürdige, kleine Buch schreiben ließen.

Victoria Schwab hat ihre Leidenschaft schon früh zum Beruf gemacht und ihre Romane stehen seitdem regelmäßig auf der New-York-Times-Bestsellerliste. Wenn sie nicht gerade durch die Straßen von Paris schlendert oder sich in einem Café in Edinburgh neue Monster ausdenkt, lebt sie in Nashville, Tennessee.

CASSIDYS STADTPLAN VON
EDINBURGH, SCHOTTLAND